Orfandad

KARINA SOSA CASTAÑEDA

Orfandad

RANDOM HOUSE

Orfandad

Primera edición: mayo, 2024

D. R. © 2024, Karina Sosa Castañeda
Publicada mediante acuerdo con VF Agencia Literaria

D. R. © 2024, derechos de edición mundiales en lengua castellana:
Penguin Random House Grupo Editorial, S. A. de C. V.
Blvd. Miguel de Cervantes Saavedra núm. 301, 1er piso,
colonia Granada, alcaldía Miguel Hidalgo, C. P. 11520,
Ciudad de México

penguinlibros.com

ISBN: 978-607-384-085-9

Impreso en México – *Printed in Mexico*

Dedico esta novela a la Karina niña y adolescente que fui. Esta novela es también para Beatriz, Bolívar, Frida, Jafad y Flavio. Todos integrantes de una casa que perdurará eternamente.

Y cada noche vendrá una estrella a hacerme compañía,
que te cuente cómo estoy y sepas lo que hay.

MIGUEL BOSÉ

Con mi relato voy hacia la muerte.

CHRISTA WOLF, *Casandra*

Todo cuanto he dicho hasta este punto es producto
de mis observaciones, consideraciones y
averiguaciones personales.

HERÓDOTO, sobre sus viajes a Egipto

I

Mamá se llama Beatriz. Beatriz significa la que lleva la luz, la que guía, la que lleva la felicidad. Mamá es el comienzo del mundo. Nos carga a cuestas. Nos confecciona, nos arropa bajo su piel. Sazona las piedras para aplacar nuestra hambre. Papá come los panes que mamá hornea de madrugada, antes de que todo amanezca y pueda nombrarse. Mamá es la parturienta eterna porque siempre nos vuelve a lanzar al mundo cruel y hostil. El mundo en que somos nadie y luego nos persigue una multitud. Mamá se interpone como el arcángel Miguel, con su espada, con su halo de fuego. Mamá nos desenreda los cabellos mientras habla de la paciencia, de la gentileza, de la espera. Pero no pronuncia esas palabras. Es más bien que nos acaricia de tal forma que las virtudes se encarnan en el alma de quienes la escuchan. No quise romperte el corazón, mamá, pero tenía que decírtelo: hay otras mujeres en la vida de mi padre. Otras que no ponen panes y peces en su mesa. Otras que no perfuman su cuerpo por las noches para esperarlo, ni le cuidan el sueño.

Mis padres se amaron en una época de penurias. Se amaron cuando el hambre, cuando no había una casa y eran peregrinos, cuando los unía el deseo de conocer el mundo juntos. Como nómadas ilusionados con llegar a un paraíso. Se amaron durante muchos días y meses y años. Luego el tiempo lo desmoronó todo.

II

"El país está de la chingada. Son todos unos absolutos pendejos", dijo el exgobernador. Su voz retumbaba. Era una queja venida de ultratumba. Pero también era una rabiosa queja de enfado.

Don Nelson M. era el exgobernador de Oaxaca. El antecesor de Ulises Ruiz. Don Nelson empezaba a envejecer. Era como una columna pesada de arcilla. Parecía llevar encima una coraza de acero. Era como un gigante abrumado. En realidad, era descendiente de libaneses y eso lo hacía tan distinto. Perdido allí en la punta de los guajes.

"Yo soy del Istmo", respondió a los reporteros. "Mi abuelita tenía una tienda ahí en Ixtepec". Pronunciaba el nombre del pueblo con más ahínco para que su acento resultara más vallisto. Su voz, su cuerpo y sus maneras delataban su extranjería. Había sido operador del PRI durante treinta o cuarenta años.

"El país está de la chingada. Son todos unos absolutos pendejos", repitió.

Era y siempre sería el gobernador de Oaxaca. Lo decidió en el minuto en el que le confirmaron su victoria. Se lo anunció otro de esos políticos "fundacionales". Ese día juró que siempre velaría por Oaxaca. Don Nelson lloró en el hombro de su esposa, Lupita. Lloraron en una capilla donde San Charbel brillaba a pesar de la oscuridad de la noche.

—Y Oaxaca se lo merece, mujer —susurró don Nelson, que luego se emborrachó hasta quedar tirado en el jardín de la capilla.

Se lo prometió a San Charbel y a su Lupita. Se lo prometió a Anuar, que era su mejor amigo y que luego sería también una piedra de poder.

Le resultaba tan apacible la sensación de gobernar un estado así de fascinante. Oaxaca y sus contradicciones y su belleza, sus nubes, los árboles, el agua, la minería: el extractivismo, la explotación, la pobreza y las quejas.

Oaxaca era así: un caos. Don Nelson lo decía con otras palabras, pero entendía a Oaxaca como un mapa comprimido, una tierra ardiente.

El gobernador viejo "está hasta la madre", se lo dijo al nuevo gobernador y a tres hombres más. Estaban en una reunión en una sala del hotel Camino Real, en Polanco. Sentados con el aire acondicionado que vuelve ese lugar más agradable. Estaban "intentando buscar" una ruta de solución. Llevan meses intentando que "todo ese desmadre se calme".

III

Veo a Beatriz y a mi padre, a la vera del río. Mirándose, hablando de algo que solo ellos saben. Me llegan las carcajadas. El rumor de las aves negras que en sus picos traen el anuncio de la fatalidad. La imagen se expande. Veo mis piernas, alargadas. Estoy recostada en un camastro. La casa huele a alcohol y a yerbas machacadas. Crucé el círculo de alcohol con los rezos de doña Lucrecia. Aún traigo la bata de manta que me puso después. ¿O antes de comerme los hongos? Escucho de lejos la voz de doña Lucrecia e imagino que está junto a mí.

La historia de tus padres les pertenece a ellos. ¿Por qué los juzgas? ¿Por qué les pides a todos los dioses que los salven de ellos mismos? Todo esto, toda esta búsqueda, tiene que ver con lo que dudas. Estás buscando explicarte a tu madre, a tu padre. Al mundo. Pero eso, querida niña, es anterior a ti. Otros se lo han preguntado antes.

Lucrecia está aquí. Es una piedra muy vieja que tiene voz. Mi guía, mi chamana, mi piedra. Está aquí desde que nació este pueblo mazateco. Es una piedra puntiaguda y oscura. Dice frases que tienen que ver con el deslave de una casa; se quiebra a la mitad. Lucrecia me abrió la boca y mastiqué los hongos.

Aquí hay restos de fuego, humo y pedazos de mango, tamarindos y unas vainas verdes dispersas por el piso. Estoy en una casa en ruinas. Busco mi cuerpo, pero lo he perdido. Mis setenta y tantos kilos de piel, huesos, músculos y sangre se disolvieron. Me queda la mirada. Estoy en el pasado, en la infancia que atravesé viviendo en el pueblo costeño al que nos mudamos para que mis padres iniciaran su vida, sus sueños. Es esa casa la que nos enfermó a mi madre y a mí. He perdido mi cuerpo. Me basta con mirar algo, pestañear, para atravesarlo. Me muevo a través de mis ojos. Ahora puedo entrar en las cosas. Estoy facultada para ser un ente, como el viento. En el patio está el mangal, en su centro hay una puerta de corteza. Sé que ahí debo empezar. Atravieso la puerta y entro en una casa pequeña de madera, que es parte del árbol, y lo que se muestra me conmueve: soy yo. Una mujer del futuro. Lo que he deseado ser. Me veo escribiendo, con el cabello blanco, con el cuerpo encogido y delgado por los años. Estoy envejecida y parezco feliz. Mis ropas son verdes, estoy disfrazada para un carnaval veneciano. La mujer del futuro, la que creo que soy, escribe a mano sobre una mesa de mármol blanco.

Han pasado horas desde que Lucrecia me abrió la boca y mastiqué los hongos. Mi mente va y viene.

Pero no es tu mente, me dice la voz de mi chamana o la voz de las piedras, *es lo que viviste o lo que pudiste vivir o lo que vivirás. Todo depende de ti.* Lucrecia está conmigo también en la casa dentro del mangal. Lucho con las dos imágenes que de ella habitan en mi cerebro. Lucrecia con sus ojos rasgados, el cabello atrapado en su trenza que se amarra con listón rojo, y sus pies descalzos. Es menuda y al mismo tiempo parece que la fuerza de su pequeño cuerpo podría derribar una montaña. Debe tener setenta años, la nariz aguileña, y unas manos grandes, que se mueven como convocando las cosas. Es algún tipo de magia. Sus manos pueden generarlo todo. De alguna manera siento que llegué a la vida de una mujer que fue formada en otro tiempo, como si Lucrecia hubiera cobijado a cientos de hijos, de madres, de aves y plantas. Verla es mirar al pasado. Tiene los ojos marrones, la piel empieza a volverse como un pergamino oscurecido por la tinta. Huele a esa pomada que conozco desde la infancia: pomada de manzana. ¿De dónde procede ese olor? ¿Qué tiene que ver conmigo? Según sé es una pomada hecha con cera de abejas, aceite de almendras y manzanas. Ese olor, el olor pastoso y común de Lucrecia, me aplaca.

La oigo rezar. Y me acaricia como a una mascota debilitada, agonizante. *Sí, esa mujer eres tú. Te estás escribiendo todo el tiempo, en presente, en pasado, en futuro... en otros tiempos que no comprendes. Hay otras*

dimensiones bajo la Tierra y arriba y por puntos cardina-
les que escapan de nuestras palabras y nuestra razón. En
cuanto Lucrecia mueve las manos, yo vuelvo a la
casita del árbol.

La mujer que creo que soy en el futuro está incli-
nada sobre la mesa de mármol, los dedos le tiemblan
por el tiempo. Está escribiendo ¿y recordando? una
escena del pasado. El de Karina, de cinco años. Yo
me muevo a través de mis ojos, atravieso las hojas y
llego a la escena que la mujer anciana está contando,
con una voz que había olvidado:

Mamá carga a un nuevo ser en el vientre. Mamá
llora hasta en sus sueños. Las dos estamos asustadas.
A ella le da miedo que papá no esté. A mí me asus-
tan otras cosas. Me asusta ese hombre que a veces
nos regala comida, me asusta su cercanía. Me da
miedo que su esposa, una vieja tonta, me invite a
ver televisión con ellos y luego desaparezca. Me da
miedo el aliento fétido de ese anciano cerca de mi
cara. Me da miedo su cuerpo aplastándome y res-
tregándose sobre mí.

Mi voz de infancia desaparece. Mi primera voz. La
mujer de cabellos blancos, mi yo del futuro, llora
sin hacer ruido. Es un llanto que conozco porque
así lloraba mi abuela, la madre de mi padre. No estoy ni sentada ni parada porque no tengo cuerpo.
No tengo voz ni gestos, pero intento hablarle. Ha

pausado su escritura. Reina el silencio, la suavidad de una casa propia. Intento decir algo, intento llorar.

Como la piedra, se abre el pasado.

Una bomba molotov se hace astillas y se dispersa por el cielo. Veo cómo un grupo de niños hace fuego frotando una piedra contra otra. La humareda negra viste las calles de la ciudad.

Se dibuja un montón de gente. Una batalla. Recuerdo la imagen vista en mi libro de secundaria. La escena de una horda, de caballos que aplastan cuerpos de hombres enfurecidos. Un elefante imponente se abre paso. Hay un hombre que contempla todo desde lo alto. Tiene un turbante color rosa y señala con el dedo, con total calma, como si no estuviera montado en una bestia, en medio de la guerra. Ese hombre se llama Aníbal de Cartagena.

Ahora Aníbal cruza el zócalo de Oaxaca. Se escuchan gritos, los rezos de Lucrecia. Empieza a temblar. Se levanta el polvo. Veo a unos niños, una pandilla enfurecida, que buscan trepar al elefante majestuoso y negro. Aníbal habla con Lucrecia. Conversan en un idioma que desconozco, y que las piedras traducen para mí: *tienes un poco de fiebre. Vamos a darte un remedio.*

En el centro del zócalo está Flavio, papá. Está de pie, recargado en un laurel, y viendo con pasmo al elefante. Me acerco a papá. No me reconoce. Al mismo tiempo que existo, me he ido borrando.

Aníbal viene hacia nosotros. Mira con desdén a mi padre. Los separan las ideas sobre el combate, sobre la fuerza, sobre el mundo, sobre la vida. Aníbal es la sabiduría. Aníbal sabe que hay que combatir porque al final vendrá otro bárbaro, uno con más hambre, con más deseos de tragarse todo.

Los niños de la pandilla, los doce niños van y vienen a las barricadas, están en los huecos, tensando lazos en las calles más estrechas, pared a pared, pintando con aerosoles negros una calavera sobre la cantera verde y gritando contra los voceros de la asamblea que se arrebatan la palabra en medio del zumbido general. Esos niños regresan con Aníbal de Cartagena, a sus pies los doce agazapados. Pienso que van a matar a papá. Los niños empujan a papá al vacío.

En un muro, otra pinta de aerosol, la macabra sonrisa de Stalin se hace más y más grande. Y yo escucho que Lucrecia se ríe. Veo sus dientes afilados y disparejos. Me seca el sudor de la frente. *Estás muy ansiosa. Hay que volver a los rezos.*

Abro los ojos por completo y siento un calambre suave. El cuerpo se va abriendo un hueco en esa casa, se acomodan mis pies, los dedos de los pies, las piernas, el cuerpo entero se integra y existe. *Deja que las palabras entren en ti. Piensa en todo lo que tienes que agradecer. Piensa en lo más bueno que te ha pasado. Y luego tienes que dormir.*

Me ofrece un taco: es una hoja con maíz cocido. El sabor entra a mi garganta. *Piensa en el amor. Piensa en lo que te gusta, en el mar o en la fruta o en las flores que van abriendo antes de que amanezca. Piensa si eres feliz, como quería esa mujer que se llamó Micaela y que es como un ángel a tus espaldas.*

Me acerca también un pocillo tibio, que pone entre mis manos. El sabor amargo del limón y el maíz atrapado en mi paladar me derriba. Caigo en un sueño pesado en el que no veo nada ni a nadie. Escucho voces. *Son los cantos del maíz,* me dicen las piedras. *¿Los reconoces?* Una mano huesuda y morena acomoda los granos del maíz sobre un pañuelo rojo. Siento escalofríos. *¿Por qué hurgas aquí? ¿Por qué nos convocas?*

Me levantan, me abrazan. El agua pasa por mi garganta, la lengua vuelve a su lugar entre los dientes. Apenas y tengo energía para sorber. Mi boca está allí y mi saliva empieza a fluir. La lengua es mi centro. Abro los ojos, me estorba la luz. Trago más de ese brebaje azul que sabe a tierra. Hay una palabra que se usa para nombrar al olor de la lluvia sobre la tierra. A eso sabe.

Lucrecia me ayuda a sentarme en el camastro, me acerca a la boca la bebida. La luz me molesta, pero no sé cómo decirlo. Tal vez sea necesario volver a aprenderlo todo. Volver a formar una a una las palabras, volver a gatear para tropezar y descubrir la sensación de la arena caliente del mar.

"¿Por qué mi padre no me reconoce?"

Ahí estaban las palabras. Moví las piernas.

"¿Por qué no puedo encontrar a mi padre?"

Araceli está sentada en una silla blanca de plástico, junto a mi camastro. Me sonríe y me pide que respire.

"Tú sabes que vine a buscarlo".

Ella insiste en que respire. Me dice que ya terminó todo.

Aquí están las palabras. Puedo decir "gracias". Aquí están también los brazos, la cara, las manos y los ojos. Es un milagro. La fuerza me regresa de golpe. Me siento como Juana de Arco con su espada o como San Jorge montado en su caballo infinito y blanco. Deseo montar a caballo y perderme detrás de la montaña, entre la niebla de la Sierra Mazateca. Es un buen lugar para dejar que el pasado escape de mí.

Lucrecia sigue conectada a mi cabeza, a las imágenes que mi cerebro continúa fabricando. *Ya va siendo hora de que comas algo. El camino de regreso es largo y vas a tardar en volver del todo.*

Comimos un caldo de frijoles rojos, y a mí me dieron una rebanada de pan tostado. Araceli y Lucrecia tomaron té de limón, yo un refresco de manzana. No hablamos por largo rato, hasta que dijeron que podía empezar a caminar un poco por el patio. Respondí que escribiría y me regresaron mi maleta.

No me moví demasiado y volví a dormir. Era tan confortable la sensación de dormir sin soñar que quise quedarme quieta, pero Lucrecia me movía cada tanto y luego comenzábamos un rezo entre español y mazateco. Encendía una vela de cera de abeja y la colocaba frente al Señor de las Siete Caídas. Me persignaba con las pocas fuerzas que me quedaban.

Fueron siete días iguales, sin alteración, sin hablar del trance, de los trances. Hasta que al día ocho abrí los ojos realmente y sentí la vergüenza de haber manchado las sábanas, que eran de manta, como la bata que me entregaron el día de mi llegada a Río Sapo, a la cabañita en la que comería los hongos. Vi la mancha roja de sangre, como la silueta de una roca roja, el contorno de una piedra.

—La manché —dije y retumbó la carcajada de Lucrecia.

—Pues sí. Ya es tiempo de que te vayas. Ya se cumplió todo. Ya terminamos.

Araceli entró unos minutos después a la cabaña. Vi sus tenis blancos pisando la tierra anaranjada de la cabaña. Me di cuenta de que esa pequeña habitación era adusta pero no se necesitaba más para vivir: una camita improvisada con un catre de metal, un colchón de esponjas, tres mantas y una almohada que estaba hecha de retazos de tela que a veces se salían de la funda. Una ventana pequeña que siempre estaba atrancada con un pedazo de madera. Una mesa en la que había botes de plástico con alcohol, con ungüentos, con yerbas que se cocían en la pequeña parrilla eléctrica y de las que nacían tés y brebajes que Lucrecia me ofrecía en distintos momentos. Había también una bacinica que usé para orinar y que Lucrecia vaciaba constantemente en el patio. El altar estaba en el centro de la habitación. El altar con un Cristo que ocultaba su rostro. Un cuadro de El Ánima Sola: una mujer que arde entre llamas, con grilletes en las manos. "Ella nos ayuda", me dijo Lucrecia cuando llegué y me persignó frente a su altar. Cruces, vírgenes en distintos tamaños y Santa Lucía con sus ojos en la palma de la mano. También un garrafón de agua, mi plato, mi cuchara y mi vaso. Esos los había traído yo como lo pidió la chamana. Eso era todo. La luz se obtenía de las velas.

—Puedes bañarte y después nos vamos —dijo inclinando la cabeza, en un gesto japonés que me recordó de golpe todo lo que nos unía.

Araceli era mi amiga desde la preparatoria. Ella deseaba estudiar fotografía. Le gustaba dar abrazos a quien quisiera recibirlos. Nunca dejamos de vernos. La vida se encargaba de ponernos en sitios cercanos.

La primera vez me la encontré de fotógrafa en una galería para la que yo hacía textos mientras estudiaba mi primer año de filología en la UNAM. Luego, el día que nos reencontramos, después de años de no vernos, del encarcelamiento de mi padre, de los viajes de Araceli por su afición a la fotografía, y de lo que había pasado en medio, nos hizo creer que nuestra amistad estaba destinada a ser. Intercambiamos números y finalmente nos citamos en el Pata Negra, un bar en el centro del DF, para, entre el ruido, hablar de diez años, en tres horas.

Araceli hacía retratos de mujeres desnudas rodeadas de plantas o a veces fotografías en blanco y negro que buscaban mostrar cuerpos diversos, cuerpos que con la cámara se transformaban en curvas grises o en simples estallidos de luz.

Poco a poco fui dejando que Araceli intuyera cosas sobre mí, sobre por qué había dejado Oaxaca y la razón para evitar hablar de mi pasado. Araceli era sobrina lejana de Lucrecia, pero yo no lo supe hasta mucho después. Esa noche ella habló durante horas con tal de que yo pudiera sentirme en paz y en confianza, para lentamente ir abriendo mi corazón. Fue gentil. Fue la primera vez que hizo ese gesto oriental de inclinar la cabeza.

Salí del baño, me vestí con un pantalón verde y con una blusa de flores rojas. El cabello suelto y esponjado seguía mojado cuando subimos al carro de Araceli. Lucrecia y Araceli se despidieron en mazateco. Lucrecia me entregó la receta de una purga de aceite que tendría que hacerme en noviembre, pasando las lluvias.

El camino de regreso fue demasiado lento. Araceli parecía absorta en los árboles que rodeaban la carretera. Se detuvo dos veces y fumó sin que yo me bajara del coche. Al entrar a la ciudad, siete horas después de salir de Río Sapo, la estatua de Benito Juárez me hizo recordar a mi padre. Y los cuadernos negros. Surgió la necesidad de volver a ellos, de verme retratada por mi yo de veinte años, en mis notas del 2006, 2007 y un poco del 2008.

—Me bajo aquí —le anuncié, mientras Araceli se estacionaba en la calle de Rayón, bajo un flamboyán que empezaba a colorear todo de naranja.

—Me alegra que estés mejor.

—No sé. Los hongos no me dijeron. No me dicen si es papá el hombre que vi transformado en un loco.

—Todo quedó ya en paz en tu alma. Debes estar feliz.

Me abrazó y sus brazos delgados me apretaron con todas sus fuerzas. Eso era la amistad, estar allí sin hacer ruido.

Le sonreí.

Llevaba un par de meses rentando un departamento pequeñísimo en la calle de Rayón y Melchor Ocampo. Tenía una sala con dos sofás, una cama matrimonial y el baño con sus mosaicos rojos. El baño era mi lugar favorito, pues una ventana daba a la calle, al flamboyán anaranjado que hacía todo más hermoso. Encendí la televisión y vi a Miguel Bosé en una entrevista vieja de MTV. Hablaba de una canción que siempre me había gustado. La dedicaba a su padre, "Si tú no vuelves". Puse *mute* mientras buscaba en un clóset una caja que decía ALMOLOYA, CARTAS DE PAPÁ. Una caja de metal, que guardaba desde hacía diez años, o un poco más. La había rescatado de la casa de mi madre, y ahora que estaba sola, segura de no sentir más dolor por el pasado, era momento de reencontrarme con esas cartas. Con los apuntes que yo había escrito mientras la ciudad ardía.

Lo primero que hallé fue un libro de poemas de Joaquín Sabina, reconocí en la dedicatoria la letra de mi padre:

La luna es un lugar siempre vacío sin ti,
con amor este libro para ti.
Papá.

Arranqué la hoja y la rompí, me sequé las lágrimas.

Soñé que la ciudad era una hoguera: en el centro del fuego estaban los desposeídos, los que viven en la oscuridad como demonios atados a las picotas. Un hombre viejo cantaba una canción: "Oaxaca, Oaxaca, Oaxaca… café caliente, café caliente, café calientito". Se escuchaban algunos aplausos.

Alguien gritó: "Rock en vivo" y un músico empezó a cantar una canción que sonaba antigua. El olor de la pólvora se expandía por la ciudad ajedrezada.

Luego un olor a podrido, y oí una voz: "Somos los que no han sido mirados".

IV

Ulises Ruiz sonrió. Sorbió con placer el último trago de su cuba. Bacardí con sus cinco hielos redondos, su *chaser* de agua mineral y la rodaja de limón. Si estuviera en su casa, le exprimiría un limón entero. Pero acá los guarros —como llama a los hombres de su seguridad— podrían extender el rumor de que el señor Ruiz no logra dejar atrás su pasado pueblerino. Le importa lo que piensan y dicen de él.

Frente a sus amigos no toma Bacardí, elige Glenfiddich. Los amigos del señor Ruiz, sus pocos amigos, están también en el poder: "Algunos advenedizos o lameculos se han acercado y esos abundan...", les soltó sin más a sus tres incondicionales. Los tres se conocieron hace mucho tiempo y los tres decidieron que un día lo iban a lograr. Y sí. Un día llegaron al poder. Uno detrás del otro. Bastaba con un tiro de dados al aire y serían ellos los elegidos. Eran cinco, pero dos se movieron. Dos cayeron en el camino, se separaron. Ahora solamente eran Jorge Franco, el contador; Ulises Ruiz, y Heliodoro Díaz. Los tres incondicionales. En sus reuniones, en sus encerrones, hablan de lo que pretenden. Hablan de cosas comunes. Coger o comer. Hacen chistes, comparten opiniones de la Champions o de motores, de carrocería. Les gusta cantar en el karaoke o acrecentar los rumores sobre otros políticos. A veces, se centran en los negocios. Ven el futuro como a una isla solitaria, con aire acondicionado y "muchas viejas"; entre más bótox, más implante, mejor. A "El guasón", como le dicen a escondidas sus amigos a Ulises, le gusta hacer chistes, chistes de Pepito, que al contarlos se traba y sacude el cuerpo.

—Señor, tenemos que irnos al Victoria —lo interrumpió el jefe de guardias, un hombre escuálido que no asusta a nadie, pero el de mejor puntería, el que no se tienta la mano para asesinar a cualquiera, un niño o un anciano. Lleva a varios en las espaldas.

El señor no respondió nada. Alzó los hombros. Gruñó, se levantó de la mesa y se acomodó el saco, la corbata. Sacó un espejo del bolsillo del pantalón. Se miró: parecía un tomate. Buscó un pastillero y luego subió a la camioneta recién lavada. Impecable, olía a fresas.

Ese día, el del gas pimienta, el día del desalojo, el señor Ulises Ruiz no durmió. Pasó horas en el hotel Victoria, lejos del centro de la ciudad. El bar le gustaba mucho, y ahí el señor Ruiz estaba a salvo.

Siguió con Bacardí, esnifaba —cuando creía que nadie lo podía ver— y luego se limpiaba la nariz, con torpeza. Cenó una ensalada de lechugas, flores y arándanos.

Después se encerró durante un buen rato en su suite para escuchar a Los Yonic's. Vomitó algo, un poco, en la taza. Luego la borrachera lenta que llevaba encima se evaporó.

A la una y media de la mañana estaba casi sobrio:

—Que se vayan a la verga estos hijos de puta —se lo gritó a su asesor particular, un joven graduado de la Ibero y que es su familiar, o más bien de la "señora Lulú", como le dicen de cariño.

La señora Lulú, la esposa del gobernador, es también de Chalcatongo, *Xinivi, Ñuu Ndey*, en la Mixteca de Oaxaca. Los mixtecos fueron, antes de la conquista, un pueblo orfebre. Trabajaban el oro. Eran agricultores. Basaban su vida en la siembra, su dios principal fue el dios de la lluvia. Dzahui. Ni Lurdes ni Ulises hablan mixteco, tampoco les gusta la lluvia. Los perturba. Detiene todo, los colapsa, los arruina. Se avergüenzan del pasado, de la pobreza: "Mi padre fue ganadero", solía decir el señor Ruiz para justificar su riqueza. Sus raíces están rotas. "Si renuncias, Lurdes, todo caerá como un derrumbe, una demolición… ¿Estás enamorada de Ulises?", se pregunta ella todas las mañanas mientras se maquilla y mirándose al espejo se responde que "sí, sí". Lleva quince años sin visitar la casa familiar.

El señor gobernador solía mirar con desprecio y envidia a su asistente. "Pobre pendejo". El asistente no respondió a los gritos del gobernador, en cambio fingió una sonrisa que terminó en bostezo, estaba exhausto de esperar. El señor Ruiz miró su reloj que brillaba como un escarabajo dorado. Hizo la llamada. El operativo estaba por comenzar. Eran las dos de la mañana.

—Artemio...

—Listo, gober. No se preocupe. Esos pendejos se largan a la verga ahorita mismo. Usted nomás aguante un poco. Seguro van a ponerse a llorar, pero tiene el apoyo del presidente, así que amachine.

V

Donaldo Sánchez vivía y trabajaba en el panteón general de Oaxaca. Llegó en marzo de 1976 con una mochila militar colgada en la espalda; adentro llevaba su credencial de elector vencida, una cajetilla de Pall Mall, una bolsita con jabón, peine, dos pantalones azules, la casaca color caqui del servicio de limpia, una tijera de podar pasto y una nota que le había entregado el fulano que lo había ayudado a colocarse como panteonero.

Había salido de Ixcotel, de la cárcel. Había asesinado a un hombre y allí había aprendido que la única manera de sobrevivir era guardando silencio y obedeciendo los mandatos de los poderosos. En la cárcel se había ganado a los policías, a los directivos y a un diputado. Luego estaba fuera y con la nota de recomendación y unos billetes ocultos en los zapatos.

Donaldo fumaba, tomaba café como un desesperado y aspiraba cocaína. El panteón le parecía un palacio inmenso con sus tumbas abandonadas y los dolientes que visitaban con fervor a sus muertos. La peor temporada era noviembre, todos sentían culpa y llegaban como moscas a la miel. En diciembre el panteón volvía a su silencio habitual. A veces lo acompañaba Ray O Baby, un cantante callejero que iba una o dos veces por semana, llegaba con su anforita de mezcal y cantaba con su guitarra alguna canción de José Alfredo. Era su único amigo. "Ya mero me toca enterrarte, mi buen", le decía el cantante al panteonero. "Ya mero", respondía Donaldo, y esnifaba una línea de cocaína de la que nunca le compartió.

Donaldo recibía algunas propinas extras por remozar los sepulcros, por regar los árboles, quitar la yerba, podar los arbustos. No tenía a nadie con quién compartir las propinas ni el salario. Estaba solo. Estaba con sus tumbas y su palacio silencioso. A veces no volvía a su pequeño departamento y se quedaba dormido en la caseta del velador que tenía un catre y una estufa. El velador cambiaba cada dos o tres años, pero Donaldo seguía allí viendo los funerales de los pobladores que podían procurarse un hueco en ese cementerio.

A veces Donaldo fumaba afuera del panteón para imaginar la vida de los vecinos. Había uno que intentaba ser amable con él, lo saludaba levantando el brazo y diciéndole: "Buen día, don". Era un hombre gordo, de barba y cabello largo. Parecía un místico. Siempre vestía de negro. Donaldo sabía que ese hombre era un "líder". Lo había visto hablando con campesinos o con personas que parecían llegar de lugares lejanos. El hombre gordo, barbado y de cabello largo, entraba a su oficina a las nueve de la mañana, de lunes a sábado. Siempre seguía esa rutina.

En su adusto departamento, el sepulturero veía películas de un canal alemán traducidas al español. Le gustaba quedarse dormido mientras las voces teutonas anunciaban un crimen o hacían un largo silencio. Le gustaba el cine de Béla Tarr. Sin saber quién demonios era Béla Tarr. No importaba. Le gustaban esas películas que eran como una pausa entre la vida y la muerte. Le gustaba Sophie Calle y sus imágenes. Le encantaba porque el canal alemán le había dedicado un ciclo de entrevistas a mujeres en el arte. Así había descubierto a Tacita Dean, a Sophie Calle, a Remedios Varo.

Un día de febrero de 2005, dos jóvenes fumaban cristal, sentados sobre una de las tumbas de la parte trasera del panteón. Donaldo los espió un buen rato, mientras el velador roncaba en la caseta de vigilancia. Uno de los adictos se fue y el otro se quedó acariciando a un gato que Donaldo llamaba Misterio. Donaldo decidió enfrentar al joven y no obtuvo más que un cigarro de mariguana.

—Pa que se aliviane, mi buen.

—Yo ya pasé por todo eso, chamaco, no le entro a la mota. Me da asco. Si puedes tráeme coca. Así te ganas unos pesos. Pero lo que yo te aconsejo, chamaco pendejo, es que te vayas a la verga de todo esto.

Había días en que Donaldo no iba al panteón. Se encerraba en su departamento a ver películas o a escuchar canciones de Javier Solís o a quedarse dormido, noqueado por las pastillas que tomaba. Era como un ejercicio espiritual. Como una rutina sagrada que a veces se enturbiaba por la intromisión del que ahora era su dealer. El joven que había conocido en el cementerio y que ahora lo visitaba sin necesidad de anunciarse en su departamento. El sepulturero le ofrecía unos pesos extra con tal de que se fuera lo más pronto posible de allí. Solamente aceptaba su compañía porque ambos estaban solos, porque los dos eran espectros que ni fu ni fa. Eso decía el joven y tenía razón: "Nosotros ni fu ni fa, pinche viejo. Por eso le gusta que yo le traiga coca y que hable con usted, aunque usted ni me cuenta nada".

Donaldo afirmaba moviendo la cabeza y sonriendo, mientras chasqueaba la lengua. Fue en enero de 2006 que Donaldo se enteró del cáncer. El sepulturero dejó de consumir tanta cocaína y el dealer se cansó de la pobreza de su cliente, así que le mandó a otro vendedor. Un niño. Sí, parecía un niño de diez u once años. Un niño enfadado con el mundo. Le entregaba la dosis y se iba sin hacer preguntas.

La única pregunta que el nuevo dealer respondió fue la de cómo se llamaba. Se lo dijo sin dar explicaciones: "Me llamo Gabriel, bien de la verga, ¿no, don?". Donaldo no respondió y memorizó el nombre. "Quiubo, Gabriel", decía cuando el joven le entregaba. "Aquí nomás, abonando a la mierda", contestaba el dealer. El viejo cojeaba hasta su departamento, arrastraba los pies, se metía media línea y encendía el televisor. Tomaba agua y somníferos. Dormía.

En octubre de 2006, el sepulturero regresó del mercado. Había comprado duraznos y un paquete de fideos para hacer sopa. Todavía sentía hambre. Había pensado en que pronto tendría que pagar la renta. Y que en unos dos días iría a limpiar el jardín de la señora Aura en la colonia Reforma. Llevaba ya dos años limpiando y cuidando ese jardín. Había visto crecer una magnolia y un pochote. Los había sembrado él. Y estaba orgulloso de que los rosales floreaban en todo momento. "Espectaculares", así le decía la señora Aura. Y él se sentía feliz cuando cada jueves, a la hora de la comida, la sirvienta de la casa lo llamaba para pagarle por su trabajo. La señora Aura siempre había sido amable. Desde que su madre murió y la enterraron en el panteón general, se acercó a él y le dio un cheque al portador. Tres mil pesos. "Cuide la tumba, cuídela muy bien". Le dejó también una tarjeta con sus datos. Era la dueña de la tienda de uniformes escolares más grande de la ciudad. Fue la única que lo contrató para jardinero los martes y jueves de cada semana. Con lo que ganaba en esa casa podía vivir mejor que con su salario en el panteón.

Al subir el último escalón, antes de sacar la llave para abrir el departamento, escuchó una carcajada. Sintió miedo. El departamento estaba abierto de par en par y el primer rostro que reconoció fue el del joven al que había visto acariciando al gato Misterio y fumando cristal. Estaba de pie como una estatua que husmea con curiosidad. En el sofá estaba, también, Gabriel. Los dealers miraron, con los ojos muy rojos, al sepulturero, y habló el mayor de los dos: "Sigue vivo, pinche viejo. Ora le traje un regalo y también le traje un trabajito".

Pensó que había olvidado cómo conducir. Dio una vuelta prohibida y supo que nadie lo detendría. Encendió la radio. Divagaba entre la interferencia y canciones irreconocibles. Se estacionó frente a un teléfono de monedas. Bajó del automóvil que parecía más bien una reliquia, una pesada pieza arqueológica abandonada en ese callejón. Caminó un poco y se dio cuenta de que él mismo era una reliquia, que era un viejo sobreviviente.

Salió del callejón, dio la vuelta y avanzó. Hacía frío. Nadie visitaba a los muertos a esa hora. Ni los que buscaban profanarlos. El velador ni siquiera estaba allí. Abrió el candado. Y el olor de las flores podridas, de la humedad, de las piedras, de la parafina y de los nardos en las tumbas recién ocupadas lo hizo sonreír. Pensó en la felicidad. "Esto es. Esto debe ser: Estar en un cementerio, pero con vida. Sobreviviente".

Salió del panteón y volvió a cerrarlo.

No se iba a echar para atrás, no sería una visita absurda, como seguro pensaba el dealer que lo espiaba desde un rincón de esa calle. Luego el sepulturero volvió a renguear. La vida le pesaba más. Se detuvo a media cuadra. Miró una palmera afuera de una casa, un Volkswagen blanco estacionado. No se veían luces encendidas. Abrió el bidón de gasolina. Derramó la gasolina de golpe en la entrada, empapó el portón de madera. Luego sacó del pantalón una caja de cerillos. Encendió uno. Vio el azul ardiente del fuego. Recordó al hombre gordo que lo saludaba sonriendo, y también el encargo que le habían hecho: "¿Quieren mandarle un mensaje a este gordo? Algo hizo que encabronó a los ratas que gobiernan".

El fuego se apropió de todo.

Todo ardió. Y el sepulturero caminó despacio. No hubo alarmas. Regresó al panteón y cayó en cuenta de que el dealer había filmado todo: el fuego. De lejos se oyó una sirena. Un ruido nacido de la nada. Gente de las casas vecinas. En la casa que ardía, un letrero con la leyenda: VIVA LA ASAMBLEA POPULAR DE LOS PUEBLOS DE OAXACA.

Ardió bastante rápido.

Dentro no había nadie. Dentro solamente cuatro computadoras, una cocineta, una sala pequeña. Montones de papeles: archivos, demandas, oficios.

Hasta hacía unos días, ese lugar estaba habitado por una familia: tres niños, dos hombres y dos mujeres de la Sierra Chatina. Salieron para su pueblo una noche antes del incendio. Había un bautizo en su pueblo. Se fueron.

—Trépese, rápido, pinche viejo —la voz del dealer era tan arcaica como la de Donaldo, que con dificultad se subía al coche.

—Ya sé que tú eres Gabriel —dijo, señalando a su niño dealer. Luego miró al otro adolescente, al que simplemente había apodado Misterio, en honor al gato del panteón—. Y tú, ¿cómo te llamas, chamaco? Voy a rezar por ti. Yo ya estoy jodido, pero tú te puedes salvar.

—Deje de decir mamadas. Yo no soy nadie. Y usted es un culero asesino. Quién sabe cuántos cristianos ya se chamuscaron allá adentro...

El sepulturero se secó las lágrimas. Gabriel lo vio y se carcajeó. Misterio le dijo:

—Acá se queda el coche, es de unos ojetes que desvalijan por acá. Vamos por su lana, viejo culero, y luego a la verga.

El sepulturero afirmó con la cabeza.

Misterio era un buen nombre. Así se llevaría el recuerdo. ¿Gabriel, Misterio y Ray O Baby, sus únicos amigos, le llevarían algún día flores a su tumba?

Al ver el video del fuego, el hombre de bigote cepillado y corbata roja hizo una pregunta al oído de su acompañante: una mujer rubia, que respondió con un acento extraño "Sí, señor". Evencio Nicolás, el hombre de bigote cepillado, era un funcionario que fue procurador y que siempre ha estado ahí, a la mano para lo que se ofrezca. Evencio se levanta temprano, desde niño. Por eso está allí, por eso dio esa instrucción que lo llenó de orgullo: "No va a morir nadie, pero es una señal. Que dejen de joder, que se den una idea de lo que va a pasar si no le bajan de güevos a ese desmadre". Sonrió mientras pensaba que el tal Donaldo iría directo al cielo.

—Aquí está tu dinero, Donaldo. Así te llamas, ¿no? Donaldo Ríos Sánchez.

—Sí, así me llamo.

—Pues ya con esto terminamos. Gracias, Donaldo. Cuenta tu dinero y vete a la chingada.

El sepulturero caminó un rato. Eran las cinco de la mañana, apenas amanecía. Un barrendero lo saludó con entusiasmo, como si hubiera motivos para que algo de cordialidad existiera. Luego el ruido de un auto que se pasó el semáforo. Su cuerpo no resistía. Sentía la sangre escapar de su cabeza. Pero todo había sido muy rápido: la muerte y el fuego. Y como una consigna en una casa que arde. Como una casa vacía en la que nadie se quema, pero que es el símbolo: la casa que arde.

Al otro día en la sección policiaca de todos los periódicos no se dijo nada sobre el incendio de las oficinas de Comuna, la organización social que había fundado Flavio Sosa.

VI

"Agua", digo, y Lucrecia me acerca mi vaso. *Quien te enseña las palabras te enseña el mundo, te lo abre*, me dice mientras lucho contra mis párpados que quieren cerrarse.

Agua es una palabra que aprendí temprano. Bebíamos agua en una jícara. No teníamos vasos. Mamá me acercaba mi jícara para el agua o el atole o para el té. Había tres jícaras para el agua y tres para la sopa. Como en el cuento de Ricitos de oro. Pero en nuestro cuento no había osos. Estábamos mi madre, yo y, a veces en las noches, mi padre. Una de esas, luego de muchos días de no verlo, volvió y trajo una gelatina de durazno; "te la mandaron los Reyes Magos", me dijo y le sonreí.

Por esa época, mamá y yo escuchábamos caballos galopando de madrugada en el techo, hasta en las paredes; los cascos de los caballos aplastaban, hacían crujir algo y luego se oía un relinchar macabro. Una vez papá despertó sobresaltado y encendió la luz de esa casa, que siempre resultó débil. "Afuera no hay nada", dijo, y enseguida cesó el galopar. Pero después volvieron, siempre volvían. Muchas noches de caballos, de lamentos, de cadenas arrastradas por entes que se escurrían y se acercaban desde la oscuridad. Sufrimos muchos días por las pesadillas.

Debieron irse luego luego de esa casa. Allí germinó el mal. Se pegó al vientre de tu madre y al alma de tu padre. Era un hechizo. Mi papá entra con el brujo. Veo a mi madre con su vientre picudo de pura tristeza.

En la clínica le habían dicho que no era un embarazo normal. Que tenía que ir a la ciudad para que un ginecólogo la examinara. Mamá ganaba algunos pesos vendiendo tamarindo; Raquel y Jorge, unos amigos de mi padre que a veces se compadecían de nosotros y nos regalaban comida, nos acompañaban por las tardes a vender bolsitas con mango verde o pulpa natural de tamarindo. Teníamos árboles para sobrevivir.

Fue Jorge quien le habló a mi padre sobre el brujo. Dijo que era de los buenos de Guerrero, que nuestras desgracias no eran normales. Que teníamos que "curar" la casa. A los días, mientras mamá hervía tamarindo con azúcar, mi padre entró a la cocina, acompañado. No necesitó explicarnos. El brujo se persignó tres veces y sobre nuestra mesita de mimbre acomodó su morral de hilos púrpuras. Sacó de ahí una sonaja de guaje, trece maíces y siete caracoles. Extendió un pañuelo de terciopelo rojo. Los caracoles parecían lenguas de carne que se desplazaban como si de ellas nacieran palabras. Mi madre, mi padre y yo escuchamos al brujo leer los pequeños caracoles. Nos habló de cómo, antes de que llegáramos, y por una venganza que no tenía que ver con nosotros, esa casa fue embrujada.

Aprieto la huesuda mano de mi madre. Las dos somos unas niñas solas, con miedo y asombro ante aquello que no comprendemos. La voz del brujo es la de las piedras: *Aquí sembraron la muerte y la desgracia. Sembraron lágrimas, infelicidad.* Mi padre también está, no dice nada. Se acomoda el cabello y se limpia las lágrimas para que yo no vea que está llorando. Mis pies, pequeños y redondos, se hunden en la hojarasca.

Ahora en la casa del mangal aparece Lucrecia. *¿Ves? Tenían que irse. Pero tu padre no creía en Dios, ni en el mal, ni en nada. Mírate, ahí estás de nuevo. Estás chiquita. No están tus padres, pero ahí estás tú. Aquí vamos a esperarnos, pues. Ahora verás y no podrás mover nada. Pero ya vendrá tu tiempo. Ten calma. Eso dicen los hongos y ellos son los maestros.*

Un anciano de cabello blanco y la espalda curvada me espía. Asoma la cara por un hueco de la cerca, con los ojos llenos de lujuria me mira. Se acerca con prisa. Está oscuro. Estoy tumbada en el piso de una casucha de lámina. No siento el cuerpo, es como si me hubieran arrebatado las extremidades y luego, dejado con la piel rota, estropeada. Mamá no está. Papá tampoco.

Asómate bien adentro. No fue culpa de ellos, cayeron en la trampa de su tristeza, de su propio dolor. Ahora tienes que quemarlo todo. Ser una mujer antorcha. Con esta brasa le vas a prender fuego a todo, y veo que de las manos de Lucrecia brota fuego. *Los Niños Santos. Te están limpiando por dentro. Meten un espejo en tu alma. Te dejan mirar todo. Lo bueno y lo malo.* Hay un Cristo del que brota fuego. *Y a veces, cuando ya pasaste por mucho, te regalan otra vida. Una vida más limpia. Ellos me dan esta lumbre para que calcines todo eso que te lastima.* De la Coatlicue, de sus manos, nace el fuego. *Acércate y tómalo.*

Un anciano se burla de mi llanto y no hay nadie a quien decírselo. Vuelvo a casa, junto a mamá. Me acurruco en mi pequeña cama improvisada con una colchoneta y una manta rosa. Lloro intentando que no me vean. Lloro mientras anochece. Lloro porque no quiero comer lo que mamá me ofrece. El llanto se acumula en mi cuerpo, se convierte en una secreción amarilla que se pega a mis calzones. Mamá es una niña, somos dos niñas solas. Nos abrazamos, lloramos. Las dos estamos muriendo de tristeza. Algo se disuelve.

Es el momento del fuego. Alguien arde. Es el anciano. Arde en la casa de los tamarindos. Le regala a mamá una jícara para que se la tome. Mamá la bebe. Tiene mucho sueño. Se hunde en el sillón, se desmaya. El anciano tiene el aliento de un cadáver apestoso. Me levanto del piso, me pongo a llorar, abrazo a mi muñeco de trapo azul. Cierro los ojos. El gran ojo-agujero-ruptura se cierra.

Hoy entré a la secundaria. Mi papá me regaló en la mañana *El hombre que calculaba* y un reloj azul turquesa. Mi mamá me entregó un billete de cincuenta pesos para la cafetería. Dijo que podía desayunar lo que quisiera. Llevé la mochila repleta de libros y libretas que ordené en mi locker. Mamá me dio también una llave y un candado. "Felicidades, hija, hoy comienzas otra etapa. Disfrútala mucho", me dijo también. Y luego me despedí de mis hermanas que aún estaban en pijama preparándose para ir a la primaria. Papá renunció a oír las noticias en el auto y puso a los Beatles. Repitió muchas veces "My Sweet Lord". Bajé y sentí ganas de llorar.

VII

Sabía que era Araceli quien llamaba. Descolgué y escuché su voz. Me dijo que estaba preparando chiles en nogada porque recibiría a la familia de su novio. Que sería algo especial.

—Llegan mañana y me gustaría que vinieras. No tengo a quién más invitar. Mi mamá, tú y yo. ¿Qué te parece? Así te distraes un poco antes de volver a Roma.

—No tengo muchas ganas y no quiero echar a perder tus planes.

—Anímate. Y sirve que me cuentas cómo vas con tu escritura. Ya no pudimos platicarlo. ¿Sigues con lo de las fuentes romanas? ¿Seguiste en el proceso de desintoxicación después de Río Sapo? Lucrecia llamó hace unos días. Hablamos de otras cosas, pero sentí que quería averiguar algo sobre ti. Sería bueno que la llames.

—Sí, debo llamarla. Es raro pero he soñado con Lucrecia algunas veces. Es el mismo sueño: aparece junto a mí, caminamos. Yo soy muy niña. Luego nos encontramos en una iglesia y ella me está bautizando con agua que dice que trae de Río Sapo.

Luego desaparece de mi sueño y solamente escucho su risa. Encontré un poemario perfecto sobre Roma y el agua. Inger Christensen se llama la mujer que lo escribió. Me gustaría poder escribir algo así de potente pero me sale espuma.

—Bueno… ¿quieres hablar el jueves? Podemos cenar juntas en tu departamento. Te voy a regalar unas flores y una veladora para lo de los sueños. Debes llevar un diario de sueños. ¿Sabes que hay una nueva película de Lars von Trier?, ¿quieres que la veamos?

—Sí. Disfruta mucho con tu novio y la cena. Salúdame a tu mamá. Nos vemos el jueves.

Colgué y puse el modo avión. Tecleé en la computadora: "Ottorino Respighi". Subí el volumen. Me fui a la cocina; en el refrigerador quedó un betabel, que llevaba tres días esperando. Lo rebané, le exprimí un limón. Le agregué lechugas del domo de plástico y salpiqué unas nueces. Me quedé pensando si Araceli usaría piñones y azafrán para su receta. Mi madre nos dijo siempre que si los chiles en nogada no llevaban azafrán, no tenía ningún sentido prepararlos. Yo contraargumentaba con lo de la extinción. Y mi mamá sonreía. "Tú lees libros ¿y sabes cómo hacen los libros? Con árboles".

Mi madre odia que me malpase. Odia que me salte el desayuno y que no coma algo caldoso a la hora de la comida. Piensa que un día voy a valorar el momento de comer sopa antes que carne o ensalada. Mi madre se avergonzaría al saber que en mi refrigerador quedaron solamente lechugas, carne congelada para hamburguesas, cuatro frascos de salsas Barilla listos para vaciar, calentar y mezclarlos con pasta. Mi madre desprecia mi fervor por la comida italiana porque dice que no vivimos en Italia y que seguro los italianos odian lo que aquí creemos que es la pasta.

Después de comerme medio plato de ensalada, volví a la computadora. Busqué una vez más el video en el que mi padre habla desde el zócalo: "Este zócalo rojo, como nuestros corazones, está agitado como nuestras almas. La ciudad no se ha detenido. La represión del tirano fue el detonante. Pero este movimiento ya no se detiene. Hemos sido agredidos. Nadie distinto al PRI ha podido llegar a gobernar. Pero lentamente estamos girando a la izquierda, compañeros. En Oaxaca tiene que pasar lo que en Bolivia, donde ahora gobiernan los obreros, los que hemos sido ignorados durante siglos".

Repetí el video. Papá era como una figura venida de otro tiempo. El hombre que hablaba en el video era otra persona. Nada nos unía, y al mismo tiempo yo estaba mutando para transformarme en él. De golpe me acordé de Lucrecia. En el trance ella me quiso llevar al día que me encontré con mi padre en Almoloya. Me dijo que algo debía cambiar. Cinco veces más vi ese video. Dudé. Decidí volver a las cartas de papá.

VIII

Ensayó, moduló la voz. Carraspeó. Volvió a respirar con fastidio. Miró un cráneo de barro negro frente a su escritorio.

Llegó una petición de justicia. Un llamamiento internacional. Llamadas y llamadas de la embajada, de diferentes ONG, de gente que no tenía que ver con todo aquello. Lizbeth maldecía a todos. Se encerraba en el baño. Tenía migraña. Asco. El estómago inflamado. Si por ella fuera le prendería fuego a todo. Caminaría muchas calles, sola, para buscar entre la multitud a un hombre con el que huir. Pero no estaba enamorada. Lo había estado un día, absolutamente enamorada. Le había jurado tantas cosas a él, al único y gran amor de su vida: Azael. Le había puesto en las manos una esferita de cristal. "Ese es el mundo, en tus manos. Yo puedo darte todo". Azael estaba muerto. Sin que ella lo supiera. Azael la quiso. Le decía "te quiero, mi morenita", después de besarla en cualquier habitación de hotel. Una vez descubrió que Azael cantaba todas esas canciones, borracho, para otra mujer. Y entonces Lizbeth rompió la esferita de cristal y se alejó.

Decidió cerrar el corazón. Se le salían las lágrimas con las canciones que Azael pedía en las fiestas a las que habían ido juntos. Ella lo recordaba cantar con fervor y lo comprendía todo: nadie podría amarla jamás. Nadie, nunca. Por eso ahora que Brad estaba muerto y que ella era responsable con su omisión y con su vestido de poder, con su embestidura de procuradora, Lizbeth Caña Cadeza sentía desprecio por todo y por todos.

En la televisión el conductor dijo, con gesto de alguien que despertó de mal humor, que un periodista extranjero había sido asesinado el día anterior por sujetos desconocidos.

"Sujetos desconocidos", leyó en el informe la señora Lizbeth, la procuradora, y después se escondió para llorar en el baño de la procuraduría provisional. Las oficinas habían sido tomadas por los manifestantes, se estaba llegando a un acuerdo para que los trabajadores salieran a discreción. En la recepción de las oficinas había un florero con jazmines pudriéndose.

A discreción.

La señora Lizbeth tenía puesto un pantalón de mezclilla, unos tenis que le quedan grandes y una chamarra con capucha. La sudadera que le prestó un intendente. Sus gafas, las Vuitton que tanto le gustan. Nadie la reconoció. Salió y se montó al Volkswagen rojo de una secretaria. La llevaron a su departamento. Allí siguió llorando y vomitó. "Qué hago aquí". Le habría gustado hacer una maleta y viajar a cualquier lugar. Irse a un lago y lanzar piedritas sobre el agua para observar las ondas.

IX

Las imágenes que me muestran los hongos casi se apagan. Veo una vela que lenta, pasmosa, lanza gotas de cera sobre la tierra de la cabaña de Lucrecia. Tengo sed. No conozco las palabras para pedir agua.

Aquí está la chamana. *La palabra* desgranar *habla de nosotros*, me dice pero con la voz de mamá, abre mucho la boca para decirlo. Tiene los labios pintados de rojo sanguíneo. Sus dientes blancos brillan. La observo con pasmo. Soy como ella. Soy como mamá. Nos une la sangre, el miedo, la manera de hablar. Estamos sus hijos desgranando maíz en el corredor de la casa vieja. Jugamos en el patio. Frotamos un olote contra la mazorca. Los granos nuevos caen en el canasto. El maíz es el centro de esa vida. *Te duelen las cosas más comunes.* Su voz es ahora un lamento. La tristeza le entra al cuerpo. Entra un haz oscuro. Entra y se apodera de mamá. De Beatriz. La hace tambalear. Tropieza, cae en su casa, en su jardín. Me habla con dulzura. *No te debe dar vergüenza que te duela. Mira, asómate. Somos esta yerba creciendo sobre una tumba olvidada. Sigue mirando todo. Somos polvo, agua, aire, fuego. Y todo lo que hay y no vemos.*

Julio es un mes lento y lluvioso. Florecen los macuiles. Hay goteras en la casa. Hace calor. Hay hormigas y mariposas negras. Papá dejó de venir. La casa parece más sucia. Mamá ya no toma sus gotas para dormir. Dormimos con ella en su habitación y descolgamos el teléfono. Mamá prepara crema de verduras; un potaje que comemos silenciosamente, que rinde para dos o tres días. Poco a poco vamos teniendo comidas más frugales, sopas de lentejas, panes con mantequilla y café en el desayuno.

Mamá prepara albóndigas. La casa huele a pimienta y chipotle. Se escuchan helicópteros volando muy bajo. Tenemos encendida la radio para que cuando el nombre de mi padre aparezca sepamos que está a salvo. Tememos su muerte. Los otros son desconocidos, pero papá nos importa. Mis hermanos y yo memorizamos las consignas: "La APPO, la APPO somos todos. Si tú pasas por mi casa, y tú ves a mi mamá, tú le dices que hoy no me espere, que este movimiento no da un paso atrás".

Mamá está sentada haciendo puntadas a una blusa de Frieda. Mi hermano hace más figuras de plastilina que terminan decorando los estantes del mueble de la sala. Son pequeñas esculturas de hombres pensando. "Anoche soñé que alguien hizo un círculo rojo sobre la cara de papá", soltó de pronto mi hermano, con unas cuantas lágrimas en los ojos, mientras mi hermana Jerome le acariciaba el cabello. A mamá se le hace un nudo en la garganta, traga y suelta la aguja. Sonríe con sus dientes perfectos. "Estamos vivos. Papá está vivo también". Nos enseña a papá en el periódico, mientras nos habla de lo injusto, nos habla de los abusos como una cadena interminable atada a los pies de cada ser que nace. Nos explica que las emisoras de radio están divididas: Radio plantón y Radio cucaracha. Divisiones que eran costuras expuestas en la carne de la ciudad, que empezaba a supurar odio descompuesto. Mamá es como una filósofa marxista que sueña con derribar a un tirano. ¿De qué lado estoy yo? Siento miedo de andar a tientas.

En la radio dicen que la ciudad no puede detenerse. Su engranaje perfecto y silencioso gira. La muerte se asoma bufando. Los negocios del centro de la ciudad cerraron. Los museos y las dos bibliotecas también. Los hospitales centrales anuncian con cartulinas que se reciben a todos los heridos, pero que no hay camas disponibles para internarse. En la radio cucaracha dicen: "Ya sabemos la dirección de la casa del revoltoso que está incendiando la ciudad. Yo quiero dar mi testimonio: sus hijas viven en Suiza. Se ha hecho millonario a costa de manipular a los gobiernos". Escuchamos todo eso.

Papá dejó de venir a casa. Lo repito varias veces para creerlo. En la casa, mientras dormimos, se revelan profecías a través de los sueños. Todos ponemos más atención a nuestros sueños. Hablamos de nuestras pesadillas y mi madre nos escucha y nos dice que no hay razón para nuestra angustia. Lo dice con variaciones en sus frases, pero su tranquilidad me angustia más; sé que miente. Lo veo mientras le cuento que llevo varios días soñando que mis hermanas, mi hermano, ella y yo estábamos bajo una lupa. Empezaba a quemarnos el fuego y nadie nos veía ni nos escuchaba. "Tienes la voz, eso es lo importante", me consuela mamá y me da un beso en la frente.

Una fila de hormigas pasa frente a mis ojos, mientras busco la azucarera para endulzar el café. La lupa del destino rompe el techo y el agujero ya está encima de nosotros. No importa cuánto te escondas, alguien respira en tus narices para lanzar su aliento.

Tengo esta libreta y mi escritura para responder todas las preguntas.

Brad
por Remedios

Llovería. Era muy atípico, casi impensable: 27 de octubre.

Brad desayunó chilaquiles en un restaurante cerca de Santo Domingo. Se tomó tres tazas de café americano, que la mesera no le cobró porque era cliente habitual. Fumó en total quince cigarros.

Era un día de esos que te intentan decir algo. El sol, las nubes, la cama en donde duermes. Todo intenta hablarte. Pero tú huyes. No quieres escuchar. Te obstinas en no detenerte.

De pronto estaba allí, con los compas de Calicanto. También estaba uno de los niños: "Menor". Allí estaba. Brad le dijo que si más tarde le aceptaba una chela o unos tacos. El "Menor" le aceptó los tacos, pero luego se echó a correr, alertado por el barullo.

Brad era periodista porque quería registrar y acumular imágenes desde que a los doce años vio a dos hombres perseguirse, pistola en mano, en Bedford. Eso lo marcó. Se independizó muy joven y empezó a viajar con la mochila a cuestas, con sus cámaras que iba comprando, cada vez mejores.

Por eso estaba en Oaxaca. Pero antes había estado en Afganistán, Atenas, Francia, había viajado a Guadalajara en el 2004 para las manifestaciones contra la III Cumbre América Latina y el Caribe-Unión Europea, luego a Atenco apoyando a los comuneros, para terminar en Oaxaca. Brad hizo buenos amigos desde su llegada: David, Chivis, Isaac, Campo, Anita, el "Juárez". Le daban entrevistas que Brad iba subiendo a un blog de información alternativa. Se sentaba con ellos a tomarse un café con las doñitas de las barricadas. Escuchaba todo y hacía apuntes o dibujitos de un cómic que quería publicar algún día. Se lo contaba a todos. Entre la gente no se sentía extranjero.
A veces alguien lo interrogaba sobre su familia, o las señoras le decían que se quedara en Oaxaca y se casara. Otros, unos cuantos, lo miraban con cierto recelo. Eran periodistas de medios grandes. Desconfiados, le hablaban de policías secretas, para ellos todos eran agentes infiltrados: "Este es tira; no confíes, carnalito, cuídate hasta de tu sombra".

Ese miércoles 27 de octubre lo acompañaron pensamientos que creyó ridículos. Había viajado por todo el mundo y escuchado a sabios, brujos y chamanes. Había meditado junto a desconocidos en Nepal y nunca antes había tenido ese presentimiento, esa sensación que lo abarcaba todo. Por un momento dudó en ir a Calicanto. Se lo dijo a otro reportero, que después lo contó: "¿Será que vamos o no?"

Calicanto era una de las mil barricadas que se instalaron en la ciudad durante el 2006. Calicanto es una colonia de Santa Lucía del Camino. Santa Lucía siempre ha sido un municipio lleno de bares, *table dance* y licorerías. Y allí, los vecinos se organizaron para que su barricada los cobijara a todos. Llegaban las señoras con su olla de café, los panes, las tostadas o cualquier cosa para compartir. Prendían sus fogatas y se hacían rondas de veinte o treinta gentes. Se sentaban en las sillas de metal que algún vecino prestaba o en botes o en la banqueta y encendían la radio. Siempre escuchaban Radio Universidad. Habían detenido, a principios de octubre de 2006, a cinco kaibiles que andaban buscando a un líder. Los de la barricada tuvieron a los hombres amarrados más de seis horas, con letreros que decían: SOY UN ASESINO. ME ENTRENARON PARA MATAR. Y luego de golpearlos, los entregaron a la comisión de seguridad y vigilancia de la APPO.

En una de sus bitácoras de viaje, Brad apuntó:

La muerte se engendra en rostros múltiples, crepita, repta y ya luego se encarna. La muerte es breve, rápida y estúpida. A veces es solamente un flash. A veces solamente un parpadeo. Y así los cuerpos de los muertos aparecieron por la Verde Antequera. Verde también es el color de ese instante: como el sobrante en las piedras que oculta el agua. Verde es a veces la muerte.

Una voz dice: "Brad, chingada madre, despierta. No te duermas, carnalito". Pero ya no hay más vida, no queda aire en los pulmones de ese joven camarógrafo. No quedan palabras en su boca. "Está muerto", dice una mujer que se tapa la cara con las dos manos. Está muerto, lloran todos, y se hace una breve calma. Cuatro hombres sostienen el cuerpo y lo llevan hasta una ambulancia improvisada. Verde es a veces la muerte.

X

—Siempre quise escribir una película en la que un niño muere sin razón. La primera escena la tengo muy clara, ma. Un salón de clases, silencio, un reloj y pupitres. Solamente está un niño. Debe tener unos once años. Está haciendo una plana. La cámara enfoca sus dedos, gordos, con muchos pellejitos, el lápiz casi desaparece, está muy gastado. El niño escribe algo que la cámara no ve. De pronto entra una pelota rebotando y luego todo se queda inmóvil. El niño cae del pupitre. Una mujer se pregunta si el niño estará bien. Están en el hospital y lo ve conectado a muchos cables. Le informan que el niño muere. La mujer no llora. Es joven. Debe tener unos veintitantos años. Su hijo tiene once. Está muerto.

—Karina, ¿de dónde sacas eso?

—¿Ves? Si tú que eres mi madre no confías, nadie lo hará.

—Pero yo confío en ti. Por eso sigues aquí, en mi casa. Con todo y tus ideas locas.

—¿No extrañas a papá? No tienes que responder, aunque yo soy tu hija mayor y llevamos mucho tiempo sin hablar de él.

—¿Por qué no haces tu película? A mí de niña me hubiese gustado ser doctora. Pero nunca pude estudiar. Te tuve, y mírame. Ya no pude hacerlo.

Recuerdo esa conversación con mamá y decido llamarle. Pero antes me pongo a escribir sobre las abejas y la familia Barberini, en Roma. Renuncio después de un párrafo que parece demasiado técnico. Me pagarán tres mil pesos por ese texto que firmará el dueño de la revista electrónica, un diputado que no encuentra qué hacer con su dinero y que me contactó a través de Araceli. Ella se encarga de decirle a todo el mundo que yo tengo el don de la escritura, pero que no me he dado cuenta. Se equivoca. No tengo un don. ¿Cuál es mi don? Papá tenía un don natural para hablar. Le gustaba escribir los discursos que pronunciaba frente a la multitud ansiosa que tenía ganas de quemarlo todo. Papá siempre pensó que el combate era equivocado. No podíamos enfrentar a la policía o a la violencia desbordada que ya habitaba silenciosamente en Oaxaca. Y acabaría con más de doscientos presos políticos, decenas de desaparecidos de los que no se volvió a saber y muchos muertos. No hay números precisos. ¿Por qué estoy hurgando en esto? Debería terminar mi texto sobre las abejas diciendo que las abejas están desapareciendo del mundo. Me seduce leer a la adolescente que fui, leer que piensa que algo va a mejorar en la ciudad que habita. Leer que admira, sin decirlo, a su padre. Recordar a Brad y mi sueño platónico de amor con ese joven extranjero que a papá le parecía un ultra peligroso del que yo debía mantenerme lejos. A veces pienso que papá me alejó a todos los hombres de mi vida. El dolor de mirarlo en el pasado y las costras que quedaron de la casa disuelta, de nuestra familia rota, me hacen sentir miedo de amar. Pienso en un chico al que conocí en la barra vacía de un bar, cerca de este departamento. Me sonrió. Dejó una nota con su número de teléfono. Su letra dispareja y grande me provocó un deseo contradictorio. Su cabello despeinado, los ojos oscuros como si me quisiera empujar a un hueco. Lo contacté. Fuimos a comer mariscos a un bufet al que no habría ido por mi cuenta, en la calle donde se venden cables, telas y pomadas.

Saúl me habló de su vida. Llevaba años queriendo hacer un mapa de las plantas endémicas desaparecidas en México. Lo que más me gustó de él fue la manera en que movía las manos mientras me hablaba de cualquier yerba. Imaginé que sus manos debían saber a una raíz muy profunda: ajenjo. Plantas muertas. Salimos muchas veces. Pero no pasó nada. Nos besamos a la cuarta cita. Bebimos ginebra. Y él prometió llevarme a salvo a casa. No volví a verlo. Dejó de frecuentar nuestros lugares. Dejó de responder mis mensajes. Papá se asomó a mi memoria una noche de esas en las que sentía el impulso de llamar a Saúl. Cuando yo tenía quince años él me dijo: "No debes enamorarte. No tiene sentido. Nadie va a amarte del mismo modo, nadie te va a comprender jamás. El amor no tiene sentido porque no hay dos seres iguales, ya ves que Narciso cayó al agua y murió por amar su reflejo. Eso es el amor. Una ensoñación. Sálvate".

Tengo ganas de comer pizza y pienso si será buena idea comerme la rebanada que pedí ayer y que parece un pedazo de cartón con salami. Me digo que no puedo ganar más peso. Es ansiedad. Vuelvo a otra página de mis cuadernos de 2006.

Hoy vi a Brad. Lo vi en Los Cuiles. Se la pasó encorvado, haciendo notas en su libreta. Quise acercarme y preguntar cualquier cosa. Pero me contuve. Su mochila, en el suelo, a su lado, estaba llena de cosas. ¿Cómo puede llevar la vida a cuestas en una maleta? ¿Cabrá toda su vida en esa maleta? Estuvo ahí dos horas. Yo me quedé cuatro horas porque papá no llegó puntual. Se excusaba cada hora y media, con un mensaje, diciéndome que tenía una entrevista más o que alguien lo buscaba y tenía que atender a gente.

Brad tiene el cabello hasta los hombros y una voz pastosa. A veces me recuerda a Antonio. ¿Qué será de él? ¿Habrá viajado a Vancouver? Antonio era amable, inteligente y, hasta ahora, el único amor de mi vida. Me pregunto si Antonio se pregunta por mí. Nos vimos por última vez en el Llano, el parque al norte de la ciudad. Me habló del cuento de Elena Garro que yo no había leído: "La culpa es de los tlaxcaltecas". "Yo sería sin duda un tlaxcalteca", dijo. Nos besamos sin saber que no volveríamos a encontrarnos. A Antonio le gustaba yo por ser tan fuera de serie. Eso dijo cuando nos conocimos. Me lo presentó Gabriela, una amiga de Berenice. Antonio estudió francés y luego se mudaría a Vancouver. No sé más de él, pero lo recuerdo mientras veo a Brad en el café.

¿Brad me gusta? No. Le pregunté a mi papá sobre ese periodista. Y algo enfadado me dijo que si conocía la diferencia entre periodista y reportero. Yo dije que no tenía importancia.

No tengo amigos. Ahora mismo mi vida se ha suspendido. Todo es papá. Pero papá tampoco tiene amigos. "Mis amigos están muertos", dice siempre que se lo pregunto. Se refiere a los que estudiaban con él en Chapingo. Uno se volvió loco en Nueva York. Dice papá que fue por tanto leer. Se le fundió el cerebro. No trabajaba. Su madre le mandaba una mesada a él. Le decían "El Perro", por Diógenes de Sinope, y en realidad no vivió con papá en Nueva York. Simplemente dicen que un día anunció que viajaría y nadie volvió a verlo. Mandó una postal, contando algo de Central Park y luego se esfumó.

Los otros amigos de papá también murieron. Dos más. Los otros son sus compañeros. Eso dice. Pero sé que papá guarda afecto por sus compañeros.

Los conozco y parecen, todos, señores normales.
Hombres que envejecen.

Mis amigas están lejos de todo esto. Lo escribo para
explicarlo. Porque ahora mismo no sé nada de ellas.
Es mejor así. Es mejor que no tengan que tomar
partido en esto. Es mejor pensar en que esto es una
pausa para que luego nuestra vida vuelva a ser la
misma.

Vuelvo a Brad. Se llama Bradley Ronald Will. No sé
cuántos años tiene. Parece que tiene treinta y algo.
Los ojos verdes o marrones. Dicen, murmuran más
bien, que es anarquista. ¿Tendrá tatuajes? Fuma.
No me puede gustar, porque fuma y eso implicaría
que huela a nicotina, y eso me provoca o mareo o
alergia o para decirlo más concretamente: me hace
estornudar sin parar.

Brad nació en Nueva York. Algo sabrá papá sobre
los nacidos en ese lugar. Tal vez por eso se molestó,
sin querer ser evidente, cuando le pregunté por
Brad. Pero de verdad, no podría gustarme Brad. Es
ajeno a mi vida. Lo he visto tres o cuatro veces entre
las multitudes. Hoy lo encontré en el café Los Cuiles
y escuché cuando le dijo a la mesera que en ningún
café de Oaxaca sirven el café tan rico como en
Cuiles. Y es que el café tan dulce y con canela se
vuelve un festín en ayunas. Al menos eso creo yo.

Y además si te regalan todas las tazas que quieras, pues más. Por eso los extranjeros frecuentan este café.

¿Pero por qué estoy hablando de Brad en mi diario? No debería importarme. También escuché que la mesera le preguntó si había avanzado algo con el cómic. Él dijo que no. Que había pasado la tarde hablando con uno de los líderes y luego la mesera le dijo algo en el oído y Brad sonrió, me miró y volvió a su libreta. No habló más.

El 14 de junio de 2006 descubrí un gran agujero. No sé si se abrió en semanas, minutos o segundos. Ese día me desperté tarde. Por encima de casa, en el cielo, estaba el hueco. Bastaba con oír para entender que los helicópteros y el ruido traían consigo la alerta. Olía a gas.

Recuerdo que mamá dijo algo así como "Qué habrá pasado", pero siguió regando las buganvilias del jardín. Sonó el teléfono varias veces, pero no lo contestamos. El olor de la tierra mojada en el jardín me provocó placer y me eché sobre el pasto tal como un perrito invisible y ansioso. No vimos las noticias ni nos enteramos de lo que pasaba afuera. La casa nos salvaguardaba.

Al lunes siguiente nos lanzaron un periódico al portón de la casa. Nunca habríamos pensado que se trataba de un mensaje. En el periódico vi una fotografía de mi padre, marchando junto a miles de personas. Había llovido. El periódico decía: "¡El tirano va a caer!". Sentí alegría.

Aunque las horas se fueron descontrolando. Nuestros vecinos se organizaban para las barricadas, para las guardias nocturnas, para crear policías vecinales. La ciudad no podía detenerse. La APPO se estaba convirtiendo en un consejo ciudadano gigantesco. Se articularon asambleas con mesas rotativas de voceros: un día una ama de casa; otro día, un maestro, un plomero, un arquitecto, una señora que vendía periódicos o una cocinera. Todos eran parte. La única premisa del movimiento es que fuera plural. Un movimiento popular ciudadano.

Las calles olían a basura, a desperdicios, a podredumbre. Las multitudes se habían llevado a mi padre a divagar sobre la justicia. A soñar con cosas tan imposibles como la igualdad. Mis hermanas, mi hermano, mi madre y yo fuimos expulsados de la "normalidad", nos quedamos sin casa. Ellos dejaron de ir a la escuela para acompañar a mi madre a llevar comida a los del plantón del zócalo, aunque a veces jugaban, veían televisión. Yo me aferré a Clarice Lispector y a Juan Rulfo, a mis cuadernos. Descubrí el cine italiano. Me metía al jardín de mamá; lo sencillo que era todo cuando ella nos abrazaba y nos quedábamos en silencio recostados en su cama, que parecía infinita. Tenía miedo de perder a mamá. Sentí que debía escribir sobre ella. Ponerle una trampa a la muerte.

XI

En el suelo, Emeterio sangraba también. Los golpes ya no los sentía. Veía el rostro de Juárez, de piedra cenicienta. Intentaba retener la fecha: 17 de julio de 2007. Le ordenaba a su cerebro no olvidarlo. Le ordenaba no olvidar su nombre: Emeterio Cruz. No olvidar que su vida no tenía que ver con todo esto, con los golpes y la ira.

Su cerebro pensaba en otra cosa, le mandaba recuerdos rápidos, felices. Emeterio veía una nube carnosa y roja. Sangre navegando sobre los ojos. Sangre en los testículos, sangre en la boca, entre los dientes, sangre en el pelo. Sentía cómo los puños, las botas y las macanas iban penetrándolo. Primero le habían roto la ropa, luego la piel. Ahora era otra capa la que quedaba expuesta bajo el sol.

Uno de los jefes policiacos, que vigilaba desde lo lejos, pensó que el hombre ya debía de estar muerto. Le recordó al Cristo que interpreta Jim Caviezel, flagelado hasta que no queda del cuerpo más que agua. El jefe de los policías mandó a que se lo llevaran a la zona de Los Pinos, que era el paraje a donde iban a dar los torturados o los que moririían. Había muertos a los que, cada noche, se les rezaba una plegaria.

Emeterio Cruz tenía cuarenta y dos años en 2006, cuando su esposa participaba como una más de todas las maestras que estaban en huelga. Tenían tres hijas. Él podía trabajar en cualquier cosa: era albañil, pero sabía de electricidad, de plomería. Emeterio siempre creyó que era justo protestar, llevaban años luchando para que algo cambiara. Pero desde el día del desalojo del plantón, supo que eso no sucedería. Solía acompañar a su mujer a las protestas. Procuraba contagiarse de esa emoción inexplicable que generaban las marchas, los gritos contra la policía, cargar una cartulina que tuviera una frase contra el gobernador de Oaxaca, Ulises Ruiz. Era necesario hacerlo en ese momento y no después, cuando ya no hubiera nada para luchar.

En 2007 Ulises Ruiz iba y venía de un lugar a otro. Pero seguía allí, asentado y sostenido por fuerzas que nadie comprendía. Amalgamado por pactos añejos que durante algunos meses, en 2006, estuvieron a punto de derrumbarse.

"En Oaxaca, a mi llegada en enero de 2007, encontré la crueldad de los gobernantes de un país roto", confiesa una mujer frente al grupo de visitadores extranjeros. "Ya no aguantábamos más. El tirano dividió Oaxaca, nos llenó de miedo y de odio.

¿Por qué no estábamos asfixiándonos en nuestro odio? ¿Qué odiábamos? ¿A quién?". Hace una pausa, se limpia las lágrimas. Es una de las cuarenta mujeres presas en Nayarit solo por participar en las protestas del 1 de noviembre de 2006. Continúa, con la voz entrecortada: "El gobernador posaba en las fotos para salir de portada de los diarios. ¿Se llegó a arrepentir de algo? ¿Soñaba con los perros que olfateaban cuerpos sin nombre en un cerro? ¿Soñaba con las niñas violadas por los federales? ¿Con todos los niños que perdieron a sus padres?".

La visitadora, y guía de aquel grupo, una abogada berlinesa integrante de la Comisión Civil Internacional de Observación por los Derechos Humanos, escuchó la grabación una y otra vez. Lo único que quería era estar con su marido y su pequeña hija de cuatro años. Pero no podía olvidar el rostro de la mujer presa a kilómetros de Oaxaca. Ni las fotografías de las presas llevadas a Nayarit y las marcas de los golpes en los débiles cuerpos. Pensó a dónde irían a parar los cabellos que les cortaron y raparon para destruirlas. Recordó que una vez leyó sobre Moctezuma y el espejo humeante. Apuntó en una hoja suelta: "¿Se veía, Ulises Ruiz, como dicen que se vio un día Moctezuma, en un espejo humeante lleno de sangre y de naves extranjeras que lo arrasaban todo?".

La mañana del 17 de julio de 2007, Ulises Ruiz despertó de buen humor. Se puso su corbata roja favorita. Se bañó con agua que hervía y, humeante de limpio, sonrió frente al espejo. Se puso la loción que llevaba diez años usando, invariablemente: cuero, pimienta, pachuli y lavanda. Al sonreír descubrió una mancha en uno de sus dientes frontales. Era pequeña, mas suficiente para angustiarlo. Podría ser signo de alguna enfermedad, o un delator de mala higiene. Ahí decidió que no tomaría más café.

"Qué pinche paradoja", se dijo. Estaba consciente de que un año antes el escenario era otro. Un año antes, Ulises estaba escondido, atrincherado en un departamento en Presidente Masaryk, escuchando día y noche a sus asesores y la voz de Nelson. Conversando con Manlio, el presidente del PRI en 2006:

—¿Él armó este desmadre? Sería bueno para mí saberlo. Y toda la mamada esa de que Nelson puso al puto gordo ese como una venganza para decirme que si yo fui gobernador, me podía tumbar en cualquier momento.

—Qué ingenuo eres, cabrón. A Nelson no le conviene ese desmadre. Él quiere regresar con su chamaco a Oaxaca. Cabrón, es una minita de oro. ¿Sabes el potencial que nos da Oaxaca?

—Seré ingenuo, pero no pendejo. Dicen que Nelson les dio diez millones. Y que por eso no dejan de mamar. Estoy en riesgo, cabrón, mi familia. Yo estoy en una posición en la que a ningún gobernador le ha tocado estar. Me dejaron solo. Si me voy yo, no duden que Nelson va tumbar a quienes quiera.

—Vicente te va a respaldar, amigo. Pero yo te aconsejo que endurezcas todo. No deberías ser tan laxo. En el senado nos tienes de respaldo. Nelson es tu aliado, por más que sea un talibán, el muy mamón. No te preocupes mucho por Abascal. Él tampoco es tu enemigo. Todos estamos muy metidos. Se trata de ser diplomáticos. Calderón nos necesita. Es una pausa. Esto necesitaba el PRI. Después vamos a regresar con todas las fuerzas. Y entonces sí, mi buen, hay que estar más preparados.

Ulises dijo frente al espejo: "Pinche indio, pinche maestro revoltoso". Se refería a Emeterio. No dijo su nombre. No lo sabía. "Y el pinche gordo maniático, pinche cabrón". A veces, Ulises Ruiz soñaba que se encontraban de frente, en un camino. Los dos. El gordo y él. Y el gordo se reía, se burlaba de él. Luego le escupía y Ulises no le decía nada. Se quedaba rígido. "Puto sueño, puto gordo de mierda".

Esa mañana, el señor gobernador supo que la pesadilla se había disipado. O recién comenzaba a disolverse. Había sido buena la alianza con el señor presidente. Apostar a la cero tolerancia.

Desayunó huevos benedictinos. Era su platillo favorito. Pidió también que le trajeran un jugo de tomate con apio. Le sirvieron dos tazas de café, una tras otra. Leyó en el periódico una nota en la que la esposa de Flavio Sosa exigía que lo trasladaran de Almoloya. En la foto salía la mujer acompañada de unas niñas y un niño pequeño. Su asistente le pasó una laptop en la que vio con más detalle a las hijas y al hijo del gordo, como le llaman casi siempre a Flavio Sosa. Tres niñas y un niño.

—La mayor se llama Karina, es la que lo visita en Almoloya.

—Nada especial que decir. Hay que seguirlas, algunas veces —le devolvió la laptop a su asistente—. ¿De qué hablarán él y la hija?

No había acabado con los huevos benedictinos, cuando lo alcanzó una melodía conocida: "De noche, cuando me acuesto, a Dios le pido olvidarte". Y sintió nostalgia. Quiso estar en su pueblo, tomar Barcardí con sus amigos de juventud. Llamó a un hombre que fue su amigo, pero no le contestó. Intentó sacar fuerzas para cantar esa canción. Se dio cuenta de que hace mucho no cantaba.

En estos cuadernos estoy construyendo una ficción, parto de una pesadilla.

¿Qué hacíamos en esos días? Estábamos extraviadas. Había hablado antes de la lupa que nos traspasaba. El agujero se había instalado en el centro de la casa. El agujero era la casa. Mis dos hermanas, mi hermano, mi madre y yo huíamos como insectos perseguidos por la gran luz. La gran luz no tiene que ver con Dios. En esos días, corríamos de un lado al otro. Éramos peregrinos. Tocábamos una puerta y se abrían tres más que nos mostraban cierta unión. Éramos desposeídos.

Allí estábamos, durmiendo en camas ajenas. Esperando una llamada de papá. Llevando ollas de comida, que mamá cocinaba a un lado del hueco, es decir en el patio de la casa, para que lo comieran en el plantón del zócalo. Mamá no veía el agujero. Mamá nunca vio el hueco. Mamá podía caer en la zanja. Mamá estaba dentro y fuera del hoyo. A mamá también se la tragó el abismo. Se llevó una parte de su alma. Pero mamá se resistía. Mamá estaba allí, fuerte, y lo estaría. Aunque a veces mamá era como una muñeca de plastilina que se movía por instinto y que iba buscando salir de esa aura oscura que nos rodeaba. Mamá se dejaba llevar por su amor. El amor que todavía sentía por mi padre, en esos días. A veces ese amor era como un destello luminoso que nos contagiaba y nos hacía creer en algo. Algo tenía que ocurrir con nuestras vidas. Algo sería de nosotras, de mi hermano. Yo me sentía amorfa. ¿Quién era yo? ¿Y si yo era el hueco? ¿Y si yo era el abismo?

XII

Tu madre te va a parir una y mil veces. Con sus palabras y sus miedos, con sus odios y sus aflicciones. Ella estuvo destinada. Igual que tu padre. Por eso se amaron. Y se aman fuera de este mundo. Se aman aunque tú no lo entiendas. Porque dieron vida. Dieron vida cuatro veces. Y eso es una infinidad de vidas.

Siento la presencia de Lucrecia a mi lado. Su voz parece agua clara escurriéndose por mi cuerpo.

Los padres tropiezan. Son carne y deseos. Los padres son hombres y mujeres simples. Envejecen al mirar a los hijos. Se van desvaneciendo. Lo peligroso es repetirlos, cargar con sus culpas en nuestras espaldas. Tienes que sacarte esa estaca que te oprime y dejar que se pierda en el tiempo. Perdona si te hicieron daño con sus olvidos, con sus omisiones. Deja que, una contra otra, las piedras se friccionen y hagan fuego o se pulvericen. Tienes que volver a ese momento que te duele. Para que ese recuerdo sea tierra, o lumbre o espuma del mar.

Abrí los ojos y me vi hecha una sopa. Araceli estaba allí, junto a Lucrecia y la otra joven, la hija de

Lucrecia. Había un perro color ámbar, muy simpático. Olía a copal. El humo estaba adherido a mi cuerpo. Escuché una canción lejana que me hizo sonreír. Pensé en mis hermanas, en mi hermano, jugando con mamá en la playa: recogen conchitas en la orilla de la playa. Papá se deja trenzar el cabello para que, nosotras sus hijas y él, tengamos el mismo peinado. Nos cocina mientras escucha obstinadamente una canción de Grace Jones que yo aprendí sin saber qué decía en español: *"La vie en rose"*. El agua del mar que vive en mis recuerdos me tranquilizó. Es tan apacible ese tiempo, que me habría gustado quedarme allí. No pensar en que yo sigo envejeciendo. Pensar que fracasaré en todo porque fui yo el origen de una familia que se rompió. Para eso vine aquí, a la casa de Lucrecia, para vivir a través de la memoria.

"El amor es torbellino de pureza original" retumba esa melodía en el zócalo. Las maestras del campamento repiten muchas veces la canción de Violeta Parra: "Volver a los diecisiete". Es una canción triste, para esperar. Lo digo porque estoy sentada en una carpa del zócalo junto a mi padre y unas veinte personas que van y vienen. Yo le digo que hago notas para una película que haré después. A mi padre no le importa lo que apunto. Está pensando en otras cosas.

El zócalo es una reunión de casas de campaña de colores. También hay cartulinas fluorescentes y muchos retratos del Che, Stalin, Mao, Lenin. Nadie mira las nubes, ni se pregunta por lo que vendrá. Estamos sobreviviendo.

Veo a papá hablar por un walkie-talkie, y bostezar antes de que un grupo de maestras se acerque para hablar con él. Yo sigo esperándolo, pensando en la muerte que nos ronda. Sigo esperando que papá descubra mi existencia. Que papá descubra que estoy viva, que tengo una vida. Que descubra que mi vida está en peligro, igual que la vida de mamá, de mis hermanas, de mi hermano. La muerte nos ronda. Todos lo sabemos.

Papá es una mancha lejana entre la gente que habita el zócalo. O quizás soy yo la que se distorsiona en este momento.

¿Ulises Ruiz conocerá la historia de la guillotina? Recuerdo una película de Sofia Coppola, en la que María Antonieta dice: "Que coman pasteles". Pienso si el señor Ruiz se siente María Antonieta.

Camino esquivando las tiendas de campaña que frente al atrio de la catedral deben ser unas cien. La catedral está cerrada, y en una de las paredes un grafiti dice: "Muerte a los tiranos. Muerte a los líderes. Anarquía hasta la muerte". Siento miedo.

XIII

Mamá nos ha demostrado su amor cocinando, inventando guisos que no sabía antes que existían. Ahora sostiene un hogar próspero. Y sus días se llenan de ingredientes, fórmulas culinarias, trucos para conservar la belleza de los objetos más simples: ollas, platos, cucharas.

A temprana edad sus hijas comemos las salsas picantes, mole, chocolate o mariscos. Cocinaba para nosotros tamales de pargo con papas, tomate y mantequilla; huazontles rellenos de queso en salsa de chile morita. Enchilaba los filetes con adobo de axiote y guajillo, luego los envolvía en hojas de maíz, los cocía al vapor. Y cuando servía los platos sobre la mesa, a sus hijos nos ordenaba no subir los codos ni hablar con la boca llena.

Ese tiempo fue apacible. Lo observo desde arriba, como si estuviera en la cima viéndonos hacer lo más simple: vivir en familia. Veo a mis padres, felices, abrazados. Adentro, en la casa, las sábanas sobre las pequeñas camas invitan al sueño en cualquier momento. Afuera, nosotras y mi hermano jugamos en una alberca inflable. Mamá corta granadas de un árbol que crece tímidamente al fondo del patio. Escoge los granos más bonitos. Adentro, toda la cocina resplandece.

Sobre la mesa hay una botella de brandy a medias, queso de cabra, duraznos, manzanas, un plátano macho, un puño de almendras, nuez de Castilla y piñones, tres tipos de carne y un frasco con azafrán. Mientras mamá cocina, nos explica algo sobre Agustín de Iturbide y las monjas. Después nos pone a batir las claras con un tenedor para capear los chiles.

Otro día regresa del mercado con un guajolote. Me levanta de madrugada para que le ayude a matarlo, hervirlo y dejarlo limpio. A mí no me importa lavar la piel del ave, me parece odioso tener que repetir esas costumbres. Se lo digo y discutimos. Igual lo hago, al tiempo que escucho una canción en mi walkman. A las dos de la tarde, sobre la mesa, hay un platón con guajolote frito con hongos, mantequilla, papas, vino y orégano. Somos felices mientras mamá nos alimenta.

Veo cómo nos mudamos. Llegamos a la nueva casa —que será eternamente la casa de mi madre— en diciembre, antes de que coloquen las ventanas. Papá es una presencia constante. Papá nos lee y pasea con nosotros. Nos enseña que la felicidad es tomar un helado o ver alguna película o jugar turista mundial o serpientes y escaleras.

Me veo, adolescente, con el cabello corto, pintado —por primera vez— de rojo. Sufro por esa sensación de felicidad que invade a mamá. Odio sentirme nula en medio de esa familia perfecta que mis padres creen construir. Tengo hambre de ser vista, de existir. Ahora puedo poner seguro en la puerta de mi nueva habitación, escuchar a Soda Stereo y pensar que todo es oscuro y denso. Sé que algo fracturado dentro de mí está a punto de colapsar. Es mi cuerpo menstruando por primera vez, ignorado por mamá. Papá y yo estamos distanciados. Abismalmente separados. Sus engaños, que nadie más mira, me hacen daño. Mamá no lo intuye, es la esposa ideal, consumada. Pinta vitrales y modela pequeñas esculturas de cerámica, mientras sus hijas van a clases de teatro, de música, de pintura. Mientras una niñera pasea con mi hermano en el parque. Mientras papá "es un hombre de izquierda", nos dice ella, orgullosa.

Tengo quince años y no me separo de mi walkman. Papá nos dice que faltaremos a la escuela para viajar a la playa. Vamos a unas cabañas en Chacahua. Llegamos de noche. La cabaña no tiene aire acondicionado. Tiene tres camas con mosquitero. Yo me acuesto junto a Frieda; tiene miedo y quiere que le cuente cualquier cosa. Tengo puestos los audífonos y la espanto diciendo que la cabaña está llena de murciélagos y que los murciélagos detestan el ruido de las conversaciones humanas. Mis padres duermen en otra cama y Jerome, junto al bebé. El mar ruge y sueño que lo derriba todo, a todos.

Papá baja a la ciudad en su camioneta a buscar un teléfono porque necesita hacer llamadas de trabajo; mamá cocina en una fogata, cerca de la playa, un caldo de pescados botete. Comemos sin papá. Él llega de noche y se escuda diciendo que tuvo que hacer una reunión en un pueblo a dos horas. Mamá le cree; yo los escucho conversar desde afuera de la cabaña. Más tarde, en la playa, veo llamaradas, un espectáculo de fuego acompañado del sonido de tambores, del olor a mariguana que fuman unos turistas argentinos.

Repruebo el segundo año. Paty, la psicóloga de la secundaria, habla conmigo tres días por semana. Le aconseja a mamá que me mande a cursos de regularización. Yo le invento historias a Paty, en todas soy extremadamente feliz. Paty me sugiere hacer diarios. Yo no digo nada. Llevo años escribiendo en las libretas que nadie me revisa. Escribo en mis cuadernos de música, sobre las rayas donde se supone que debería hacer notas. Escribo relatos donde hablo de mis compañeros crueles. Escribo de mi padre y de sus posibles vidas secretas, sobre mamá y los sueños que no cumplió por ser madre. Espero a papá después de los cursos de regularización. Me enseñan ecuaciones de segundo grado; veo la mano que escribe en el pizarrón, mientras pienso en *El hombre que calculaba*.

La secundaria no se trata de leer muchos libros, aunque en la lista de útiles escolares había varios anotados. Me veo desilusionada. Empiezo a leer por mi cuenta. Libros que trae papá. Después de leerlos, los que me gustan los pongo en el estante de mi cuarto. Así llevo registro de mis favoritos, que son más de diez. Les pongo estampas de estrellas para calificarlos. *El emperador*, de Ryszard Kapuściński, obtuvo dos estrellas. *La broma*, de Milan Kundera —que papá había subrayado con color rojo y al que le borré los subrayados—, tenía tres estrellas. Esos dos libros desaparecieron de mi librero y del librero de papá.

Un día descubriría lo que había pasado con los libros. Ahora, desde la cima del teatro de la memoria, veo con claridad ese recuerdo.

XIV

Se escuchaban sus zapatos pisando aquella superficie de cemento-tierra-cemento. Ella olía a vainilla, pero no parecía feliz como la reina egipcia Cleopatra, la mujer poderosa que enfrentó a Roma y que tuvo que casarse con su hermano para gobernar. Que amó a su pueblo y de la que no tenemos un retrato exacto. Es una mujer a la que creemos conocer a partir de lo que sus vencedores cuentan. Cleopatra es un cliché. Lizbeth, la procuradora de justicia de Oaxaca en esos días, no tiene nada que ver con la reina egipcia y tiene todo que ver: ambas eran una carta en el juego de alguien más.

En la casa 47 de la colonia San Juanito, en Oaxaca, se oían de fondo canciones de los Héroes del Silencio, Mägo de Oz y Haragán. Erick conocía todas las canciones. Le gustaban. Pero en ese instante, la música le dolía. Llevaba cinco horas esposado a una silla, con una franela negra tapándole los ojos, hedionda por la humedad del sudor que escurría hasta su boca.

La mujer que llegó al lugar donde Erick estaba retenido era la procuradora. Erick no conocía a Lizbeth. Él vivía su vida corriente alejado de los personajes del gobierno. Lizbeth venía a verlo como se acude a una feria o a un zoológico o a un museo.

La señora Lizbeth sentía odio por muchas cosas: por el frío que siempre le irritaba la piel hasta dejarla como una piedra. Sentía odio por su familia materna. Por los pobres. Por el pasado. Odiaba aquello que había sido. A fin de cuentas, estaba allí como resultado del odio.

Erick era bombero. En realidad, era abogado penalista aunque le habría gustado ser piloto. Nunca se lo confesó a su padre o a su madre, pero solía contarlo a cualquiera después de tres vodkas. El vodka era su bebida favorita. También le gustaban las motocicletas. Durante varios años trabajó para comprarse una Harley. No era solamente la marca, era el vértigo, la sensación de que nada te detiene: "Te conviertes en el aire… es como desmoronarse en el camino, como formar parte del polvo", le decía a sus amigos ya medio borracho.

Había juntado la mayor parte del dinero siendo chofer de una camioneta de mudanzas en la Central de Abastos. Cinco años de escuchar las desventuras de quienes se mudaban, las ilusiones de quienes compraban algún mueble nuevo. Trabajaba hasta quedar exhausto y con la motivación de algún día viajar de un lado a otro con la moto. Erick se graduó mucho tiempo después de comprar su primera Harley. Después de vivir la vida de un joven "normal" que tiene veintitantos y que, al final, reúne trescientos mil pesos para comprar una Fatboy de Harley Davidson.

Erick tenía cinco hermanos. Uno de ellos era un líder social. A Erick no le importaba la justicia, le preocupaban otras cosas. Y pensaba que el gordo, su hermano, debía ocuparse también de las mismas cosas. Siempre se lo había preguntado: "¿Por qué este cabrón no se forra de lana y les da mejor vida a sus hijas?". En el fondo, entendía el anhelo de su hermano: "la pinche justicia, la igualdad... Puras chingaderas. Puros pinches sueños".

La señora Lizbeth miró a Erick. Estaba desnudo, atado, golpeado. En la mesa había una fotografía y una hoja con un listado de datos sobre Erick. Él no tenía ningún vínculo con la APPO. Tampoco era peligroso a ojos de Lizbeth. Pero era el hermano del gordo. El hermano menor.

Estaba viendo las noticias en su oficina del aeropuerto de Oaxaca, era bombero auxiliar ahí, sin ninguna influencia, cuando entró uno de sus compañeros a la oficina y le dijo: "Tu carnal está afuera, en la pista. Te está esperando". Había visto poquísimas veces a ese compañero. Era del área administrativa del aeropuerto. Erick salió sin decir nada, hasta la pista. Atravesó caminando, unos tres o cuatro minutos, en silencio.

Al llegar al *lightjet*, un Cessna Citation VII que usaba el gobernador, Erick supo que era una trampa. No quiso huir, simplemente sintió la necesidad de patear el avión. En la escalinata vio a cuatro guaru-ras. Los primeros cuatro asientos del Cessna estaban ocupados por hombres vestidos de traje y corbata, uno de ellos llevaba unos lentes oscuros. Erick no supo que los cuatro eran funcionarios. "El mundo es un pañuelo", dijo uno de ellos. "Mira dónde te fui-mos a encontrar".

Erick recordó a su hermano, cuando eran niños. Su hermano era un adolescente perturbado y él un niño pequeño: nunca pudieron ser amigos. Lo recor-dó también abrazado a su mamá, por las noches. Lo recordó discutiendo con su padre. Lo recordó sem-brando alfalfa junto a él y a su padre. Recordó que su hermano siempre lo había querido.

Recordó a sus hermanos cenando pan con nata y café con don Willy y doña Irene. Se vio como a un niño que era feliz mientras afuera llovía. Porque San Isidro Labrador mandaba el agua. Y entonces su padre, don Willy, tendría cosecha y no había nada de que preocuparse.

Pensó en sus sobrinas cantando "Whitzi whitzi araña subió la telaraña… vino la lluvia y se la llevó. Ya salió el sol…". Karina, Frieda, Jerome y Rafael, su sobrino más pequeño. Eran sus vecinos. Los hijos del gordo. De pronto tuvo la sensación de esa primera vez viajando en la motocicleta. Todo era puntiagudo y profundo: doloroso. El monte era verde y amargo.

Ahora los golpes y la oscuridad que no era verde. Y las preguntas absurdas. Y las respuestas que imaginaba, mas no se atrevió a decir: "Pinches jodidos mierdas. Hijos de puta. Pinches tiras pendejos, mi carnal está en el zócalo. Mis sobrinas no viven aquí. Se fueron hace meses. Nunca las van a encontrar. Mi carnal no tiene toda esa lana. Ni madres, mi hermano nunca ha disparado un arma".

Sentía las costillas deshaciéndose por dentro. Los golpes de su cabeza contra la mesa del servicio, mientras uno de los hombres tomaba una Heineken y los otros lo miraban de reojo haciendo como que no pasaba nada. El jefe de los policías dijo: "Se van a la verga tus pinches lentes y tú también. Más adelante te vamos a tirar para que te traguen los pinches perros. Pinche jodido".

La avioneta dio varias vueltas, varias horas. Luego volvieron al aeropuerto de Oaxaca, donde pasaron a Erick a una camioneta y lo hicieron firmar una declaración que lo culpaba de colocar una bomba en complicidad con los dirigentes de la APPO. Después lo llevaron a una de las casas de seguridad, donde la procuradora Lizbeth lo visitó para dar la orden de que lo llevaran a Tamaulipas. Ella lo había arreglado todo.

Erick Sosa estaría siete meses con ocho días preso en un penal de máxima seguridad, en Matamoros, Tamaulipas. Los dos primeros meses los pasó en el área de tratamientos especiales, donde no hablaba con nadie. Y donde aprendió a dibujar. Dibujaba la imagen de la Virgen de Guadalupe. La dibujaba sonriente. La dibujaba y veía ahí a su madre, a su esposa, a su hija, a su cuñada. La dibujaba y pensaba en esas mujeres que rezaban ante la muerte o ante la vida. Al salir del área de tratamientos especiales, Erick compartió celda con Rogelio, un joven al que le apodaban "el alemán", un salvadoreño de treinta años. Al "alemán" lo habían apañado por intentar asesinar a la familia del embajador de Estados Unidos en México, durante el gobierno de Fox. El "alemán" hablaba cinco idiomas, pero no volvería a pisar el exterior. Erick estaba allí, en Tamaulipas, por lesiones calificadas, robo con violencia y por amenazas de instalación de artefacto explosivo. Erick y Rogelio hablaban de surf, de *sandboarding*.

A veces Erick pensaba en la arena para desconectarse, para olvidar que la vida se había suspendido de un segundo a otro. No quería llegar a odiar, evitaba pensar en lo que vendría después. Si acaso terminarían matando a su hermano Flavio. Paraba su mente, mientras el "alemán" fumaba mota y le contaba sobre una playa en donde había olas altas y arena. El "alemán" insistía en que saliendo compraría una casa cerca de Sayulita. Decía que varios le debían favores. Que tenía dinero escondido. Erick salió libre el 9 de junio de 2007. Lo primero que hizo al volver a su casa fue ir a la playa, donde decidió que un día compraría una casa para vivir con sus hijos y su esposa.

XV

Al terminar las clases de regularización, papá llega por mí.

Subo al Jetta y me dice que tiene una reunión fuera de su oficina, que debo esperarlo un par de horas. Que mientras puedo leer o dibujar. Me encierro en su oficina y escucho las voces de sus compañeros, de una secretaria que es nueva y que intenta quedar bien conmigo. Descubro que el cajón que solía estar cerrado ahora está entreabierto. Me emociona pensar en lo que papá guarda allí: una agenda, montones de fólders, lapiceros que no pintan y los libros que no han llegado a nuestra casa. Me asomo, la agenda de papá tiene notas con otra letra, una letra horripilante. Notas estúpidas, recados de amor. Los firma una mujer cuyo nombre no logro descifrar. El libro de Kapuściński ya no tiene las estrellas que le asigné, pero sí mis subrayados. Ahora dice: PARA TI. CON AMOR. FS. La dedicatoria es de mi padre.

Veo el techo de la oficina. Hay polillas, son muchas polillas apelmazadas en el techo como hojas marchitas. Algunas hojas aletean. Mi voz no existe aquí. Me veo corriendo, me encierro en el baño de la oficina. Lloro. No soy nadie. No pasé segundo año. Soy una pulga. Mamá no sabe nada, no lo intuye; está colmada de atenciones. Se sostiene en el amor que la habita, en la gentileza y la validación. Escucho la voz de papá que regresó. Me busca. Yo estoy encerrada en el baño. Experimento un odio breve. Me seco las lágrimas, salgo del baño y descubro a una cucaracha que sale del cajón metálico que guarda los recados de papá. Observo al bicho. Espero paciente a que llegue al suelo. Lo aplasto con mis botines negros, de los que mis compañeros de salón se burlan porque dicen que son como las botas de Marilyn Manson. Siento alivio al ver al bicho aplastado. Papá entra y me dice que había olvidado unos documentos, y como si nada me invita a ir por un helado.

Esa noche papá y mamá duermen juntos. Yo me enfrento al insomnio. Pienso si papá es feliz con nosotros. Pienso por qué sigue a nuestro lado, al lado de mamá. Por qué no nos dice que está enamorado de otra mujer y se va.

Esa misma noche, en mis sueños, papá permitía que una mujer me jalara el cabello mientras me peinaba. Era una mujer sin rostro, pero con voz. Ella me decía: "Tu papá y yo nos vamos a casar".

La pesadilla se repitió con los años. Y yo le fui dando a ella características y gestos.

La mujer cucaracha tiene los dientes amarillos de tanto fumar; el cabello, estropeado y sucio. ¿Por qué le gusta a papá? No tiene nada que ver con mi madre. No posee belleza. ¿Qué los une? Cucaracha entra a la oficina de papá, yo me doy cuenta de que está ahí porque la escucho vomitar detrás de una puerta. "Creo que estoy embarazada", le confiesa ella a papá, y siento que me disuelvo y me convierto en un montón de arena. Papá desaparece. En cambio, está mamá, que se sienta en una silla y, paciente, recoge la arena. Poco a poco mamá me va moldeando hasta que tengo cuerpo. Mamá manos de maga me vuelve a crear.

Papá tiene reuniones con tantos señores de sombreros que pienso si sería buen negocio poner una sombrerería con su nombre.

Debía exponer y papá que tenía que estar allí y no estaba. Lo esperé tres horas a la salida y él no llegó. Temía que se burlaran de mí. Otra vez papá olvidó pasar por mí a la clase de regularización que es los sábados en la secundaria. Es la tercera vez en dos semanas. Llega apresurado, casi tropieza a la entrada.

Papá, ¿no crees que debes enseñarme a regresar sola?

"La casa está a una hora. Además, lo intentamos hace seis meses, y no es buena idea. Mamá está tomando clases de manejo, así que pronto podrá venir por ti", eso me contestó.

Escuché a papá hablando de mí con mamá: "Debería estar lista para enfrentar el mundo. No

puede depender eternamente de nosotros". Mamá
no le respondió. Luego apagaron la luz de su
habitación.

XVI

"Todo está muy feo allá afuera. Me están persiguiendo, no sé cuándo volveré a dormir aquí o si nos veremos después de esto. Lo único que tienen que hacer es amar a su madre, ayudarla en todo y confiar en lo que hice", dijo mi padre mientras doblaba sus camisas y las colocaba en una maleta. Hizo dos maletas en total. En una de ellas guardó algunos libros que estaban en la habitación que usaba para leer los periódicos y en la que a veces nos leía cuentos de Oscar Wilde. Nos leyó muchas veces "El gigante egoísta". No importaba si teníamos diez, quince o dieciocho años, siempre nos pareció una historia hermosa y que nos preparaba para el mundo.

Mamá lo vio sin decir nada. Me habría gustado que reuniera valor, que rompiera un florero contra el piso o lanzara los platos por toda la casa. Me habría gustado que mamá gritara o que se lanzara a reír con tales fuerzas que hiciera estallar todo. También unos años antes, en el teléfono de papá, había descubierto mensajes de otra mujer. Discutieron durante horas cuando le dije a mi madre lo de los mensajes. Papá lanzó su teléfono a un terreno baldío y no hablamos más del asunto.

Esa vez fue diferente, se iba al centro de una batalla perdida. Se alejaba de la mujer con la que había criado a tres niñas y un niño que recién cumplía ocho años. Se alejaba de mí, que no paraba de convertirme en él mientras pasaban los días. Nuestras vidas ya no eran normales. Nos pidió estacionar nuestra vida sin siquiera tener que decirlo. Mi hermano lloró y le dijo con ternura e ingenuidad: "Nosotros no somos nada sin ti, papá, te necesitamos". Mi padre nos miró, nos abrazó y luego arrastró la mochila de rueditas por el patio. Así comenzó y terminó todo. Mi madre se quedó en la puerta de la casa, acariciándose el cabello y llorando sin querer ser vista, mientras sus hijos despedían a su marido.

La ciudad amaneció sitiada. ¿Así se dice? Me he equivocado. La ciudad es nuestra. Están sitiados ellos. Es decir: ahora nuestras voces son las que se oyen. Es como un eco larguísimo: "¡Hombro con hombro, codo con codo, la APPO, la APPO, la APPO somos todos!", y luego un himno y otro. ¿Por qué nos gustan los himnos? ¿No queríamos destruir la idea de patria? ¿No creíamos en la anarquía?: "Arriba los pobres del mundo, de pie los esclavos sin pan...". Después Atahualpa Yupanqui.

XVII

"El país está de la chingada", don Nelson M. repetía hasta el cansancio. En el Camino Real, además de Ulises y él, estaban dos maestros y el líder de la Sección 22. La Sección 22 del Sindicato de Trabajadores de la Educación de Oaxaca, desde los años ochenta, luchó por modificar las condiciones de las y los maestros. Cada año se plantaban en el zócalo, suspendiendo las clases de los niños de distintos niveles escolares de todo el estado, para exigir mejores condiciones laborales, además de incluir en sus demandas que los alumnos tuvieran mejores condiciones (desde aulas aptas hasta desayunos, uniformes, zapatos, útiles gratuitos) durante su periodo educativo. Los pliegos petitorios crecían, se modificaban y, año con año, el plantón se aposentaba en el centro de la ciudad. Los maestros de la Sección 22 se vanagloriaban de ser uno de los sindicatos con mayor fuerza y con mayores logros obtenidos para sus agremiados, más de setenta mil, y para las niñas y niños que estudiaban en preescolares, primarias y secundarias de Oaxaca. Se culpaba a los maestros de aceptar, cada año, negociaciones económicas y de que sus líderes recibían dinero a cambio de retirar el plantón del zócalo de Oaxaca y volver a clases. La sociedad había olvidado la razón por la cual los maestros se plantaban en el zócalo, creían que secuestraban la educación de los alumnos y algunos apoyaban el que el gobierno se cerrara al diálogo. El mensaje era claro: cero tolerancia a la protesta social. Algo se había roto en la sociedad. Algo tenía que moverse para luego fluir.

El gobernador viejo dice:

—¿Cómo nos podemos arreglar?

—No se trata de un arreglo, don Nelson. Usted lo sabe.

—Siempre es el puto dinero. Por eso estamos aquí. ¿O de qué se trata? ¿De justicia? Me salen a estas alturas con esas chingaderas. Por eso me están extrañando. Se los dije y no me hicieron caso.

El gobernador nuevo, Ulises Ruiz, se aclaró la garganta y se acomodó la corbata. Los profesores sonrieron y el líder de la Sección 22 quería hundir las narices bajo la mesa.

Si alguien le preguntara a Nelson M.: ¿a quién le pertenece el mundo?, no dudaría en responder que a él. A él le corresponde esa parcela del mundo llamada Oaxaca.

"Su puto sueño de justicia, jajajaja. Pinche gordo mamón y mugroso. Mis güevos", remató don Nelson mientras escuchaba a Flavio Sosa ser entrevistado por una periodista de Al Jazeera y luego recitar un poema de José Martí.

El señor gobernador, como todos le siguen diciendo a don Nelson, sabía que todo se iría al carajo, pero él seguiría teniendo poder. El poder como un anillo oculto en un saquito de seda, dentro de su pantalón. Un símbolo entregado por san Charbel. Las decisiones son suyas. Una gloria ancestral.

Don Nelson se reunió luego a solas con el líder del Sindicato de la Sección 22 del Magisterio Oaxaqueño, Enrique Rueda Pacheco. En el restaurante del hotel, comieron empanadas argentinas. Don Nelson tomó vino chileno. Enrique un refresco de naranja.

Al mismo tiempo, en una entrevista con *Milenio*, un vocero de la APPO declaraba: "La asamblea tiene una consigna: todos somos la APPO".

Un guardia le acercó a don Nelson una maleta Louis Vuitton clásica. Estaba repleta de billetes. Enrique Rueda Pacheco nunca había visto tanto dinero junto. Surgió en él el deseo de una vida nueva. Una vida que se abrió como la maleta francesa. Olía a cuero. El dinero olía a veneno compacto. A un pesticida en polvo. Un pesticida en polvo, disperso entre los billetes.

Rueda Pacheco, quien recibiría el dinero y estaba reunido con don Nelson, pidió otro refresco y un flan napolitano. Sorbió el flan y guardó en su bolsillo la cucharilla minúscula de plata reluciente. La mesera se quedó muy rígida cuando presenció el abrir y cerrar de esa maleta.

"Aquí van unos para ti, chula, pero vete a la chingada de aquí", la amenazó el señor gobernador. Luego se lamió los bigotes en un gesto muy repetitivo y sacó de la maleta un fajo pequeño, de billetes de 500 pesos, que dejó sobre la mesa, sin más ni más.

Se levantaron. Don Nelson abrazó a Rueda Pacheco y le dijo algo al oído. Un guardia se acercó al señor gobernador y se lo llevó hasta la camioneta blanca.

En un periódico leo:

Tras ser atacada, tomó la APPO 12 radiodifusoras en Oaxaca. En los primeros minutos de este martes, desde más de 20 vehículos en movimiento —la mayoría sin placas—, fuerzas policiacas atacaron a tiros varias de las estaciones ocupadas con la intención de recuperarlas. Fueron identificadas las patrullas 517, 801, 529, 693 y 55 de la policía municipal. Se reportó un herido grave, con un tiro en el pecho.

Durante el lunes, uno recorría el cuadrante y no encontraba una Radio APPO, sino muchas. Con los micrófonos abiertos para la ciudadanía, algunas se escuchaban en todo el estado. Desde temprano comenzaron a llegar llamadas de aliento y respaldo de la sierra Sur, la Cañada, la Costa y los valles centrales.

Papá dijo: "Un día vamos a cambiarlo todo", y mamá y yo lo escuchamos silenciosas.

Lo admiramos. Se ganó una oficina en el DF, ahora es diputado federal en el PRD.

XVIII

Lee un poema de Paul Celan que dice "un hombre habita en la casa, juega con las serpientes, escribe al oscurecer", cuando se le revela la voz de Javier Solís, cantando "Esclavo y amo". Lo lee una y otra vez, en esa celda que parece no existir. Lleva tres meses allí.

Escribió una nota, que usa como mantra y repite: "La celda no eres tú". La frase la sacó de una carta. La carta se la había enviado su amigo Manuel Marinero, y en ella le habla de cómo la libertad está en sus pensamientos, en sus sueños. La idea le gustó y la adoptó pensando que así sobrevivirá.

Los miércoles a las nueve de la mañana, el guardia pasa por su jaula-celda con el carrito de los libros y le da a escoger entre varios. Es el pequeño placer que le regala la cárcel. El único placer que se tiene allí. Eso o comprar una lata de Coca-Cola fría, que cuesta treinta pesos en la tienda.

La tienda es una bodega que controlan los directivos. Cada semana, los miércoles también, un custodio trae una lista con productos básicos para que los presos puedan elegir qué comprar. El día de la visita, el familiar del interno debe ir a Trabajo

Social y allí pagar trescientos treinta y tres pesos. Ni un peso más ni un peso menos. Con eso el interno puede comprar jabón, papel higiénico, un refresco, un pastelito o un chocolate, un galón de agua, un rastrillo que solo pueden usar frente a un guardia, usar sin verse al espejo. También pueden comprar hojas de papel para cartas o repuestos de lapiceros.

Flavio no toma Coca-Cola habitualmente, no por comunista o por ser de izquierda. Es más bien que un día le diagnosticaron tromboflebitis y decidió dejar el refresco y las golosinas. Su cuerpo ha ido menguando. Así que el carrito de libros es su único postre. Suele escoger poesía. Tendrá el libro por una semana.

A veces al ver los ojos de su hija, en los días de visita, piensa en sus propios ojos. Esta vez la verá, finalmente, en una visita formal; es decir, fuera de locutorios, durante cuarenta y cinco minutos en una pequeña sala que es más bien un cubículo estrecho. No cabría una cama individual allí. Solamente una mesa, con dos sillas. De fondo un cuadro con unas flores rojas. Hay cámaras ocultas y micrófonos.

Su hija lleva diez minutos de retraso. Él no sabrá que ella había llegado con tres horas de anticipación al horario pactado de la visita. Que la regresaron en dos de las doce aduanas; primero porque su huella dactilar no se veía con claridad en un lector y, en otra, porque había firmado sobre una línea que no era la correcta.

Muchas veces la hija quiso prometerle que algo de bueno haría en la vida. Quitarle preocupaciones. En cambio, estaba allí para contarle mentiras que lo ayudarían a habitar ese infierno.

—¿Y qué cenaste en Navidad?

—Pavo, una pieza de pan que hornean aquí y una Coca-Cola de lata. Es el único día que te regalan una coca.

A veces los dos hacen silencios. A veces la hija le toca las manos al padre. Siempre trae cartas, que deja en una oficina en donde las revisan y aprueban antes de entregarlas al interno. Hay ciertas palabras prohibidas. Prohibido que las cartas sean a máquina, deben estar escritas con letra de molde.

A veces la hija piensa en la muerte del padre. Pero eso es poco probable. Tampoco hay permiso para morir. Está siempre en el área de Tratamientos especiales.

—Alguien gritó desde un pasillo: "Viva la APPO". Quise llorar. Imagínate: aquí en Almoloya, en Tratamientos especiales, donde hay solamente lo que ellos llaman "criminales sumamente peligrosos" o "capos"... aquí, alguien gritó: "Sosa, que viva la APPO". Yo venía de mi hora de patio. Luego solamente escuché que los guardias dijeron "silencio". ¿Pasó algo en Oaxaca?

—No pasó nada, papá. La gente sigue muy animada, participa en las protestas.

—Terminó la visita —interrumpe la voz de un guardia.

Lo que no le dijo la hija es que en Oaxaca todo empieza a acomodarse, que él fue una pausa breve en el antiguo mecanismo que retoma la marcha.

¿Qué es una prisión? Es un atajo. Es un hueco. Es una habitación estrecha. Es un cementerio. Es un campo minado. Es una estructura. Es un dominio de la muerte. Es una incitación al suicidio. Es un espacio en blanco. Son cuatro muros, un bloque de cemento sobre el que ponen un pedazo de tela, y luego ahí debes dormir. Es un lugar en el que han puesto un hoyo para que allí defequen. Es una caja de cartón. Es un lugar que se ve a través de una cámara. Es un ojo vigilante. Es una purga. Es un cúmulo. Es el ruido. Es la furia. Es un poema. Es el anhelo. Es un rayón. Es un conjunto de rayones. Es una amplificación de tus pensamientos. Es una celda. Es una celda dentro de una celda. Es un castigo. Es una pausa en la vida. Es la vida. Es el alivio de saber que estás vivo. Estamos vivos.

XIX

Encuentro otro de mis cuadernos negros en la caja de metal. Pongo a David Bowie. Me suelto el cabello. Es como si preparara el ritual para que todo quede definitivamente atrás. Nunca fumo. Pero hoy lo hago. Llevo veinte días limpia, desde que llegué del viaje de hongos. Estar limpia, sin carne, sin sexo, sin perturbaciones. Por eso estoy llena de llanto. Me conmueve todo: las fotografías, la música de mi época adolescente. Escucho a Manu Chao cantando con su francés-español en el disco *Sibérie m'était contéee*, me veo en un espejo sucio de tiempo y sarro. ¿Papá tendrá glaucoma o usará lentes? Aún no comprendo por qué los hongos no me revelaron si papá era el viejo vendedor de mapas que vi en Roma. Quisiera hablar con él. ¿Me reconocería él?

XX

Reza. Primero pide perdón. *"Jesu dolce, Jesu amore"*, dice con las manos enlazadas que en otro momento formaron un triángulo perfecto. Ahora sus manos parecen un guante torcido por la artritis. Hace una pausa porque el sonido del teléfono le indica que es una emergencia. No llamarían si no fuese vital. Nadie llama a la habitación de una monja en la casa del Santo Padre, en el Palacio Apostólico, a esas horas.

Ella es la compañera, la guía, los ojos y la voz de Juan Pablo II.

—*Pronto?* —responde casi en un susurro. Al escuchar lo que le anuncian quisiera desvanecerse, se deja caer de rodillas y comienza una plegaria. Escucha pasos y comienza a vestirse muy aprisa. Tambalea.

"Sus últimas horas". Eso dijo la voz al otro lado del teléfono. Lo dijo en italiano, que ella entiende desde hace veinte años cuando empezó a acompañar al hombre que se llama Karol Józef Wojtyła, el papa. Postrado en la cama, él extiende con dificultad su brazo para pedirle a la monja que se levante del suelo, en donde está arrodillada. No le queda casi voz. Escribe, más en calma que nunca, a pesar del Parkinson, del dolor, de los 89 años de vida, del cansancio, una instrucción.

La monja, que tiene setenta años, arrastra sus ropas que pesan más que su cuerpo, se pierde velozmente en la inmensa habitación que huele a lignina, cera, nardos y mirra. Vuelve con un álbum negro que dice MÉXICO 1979. El Santo Padre observa una fotografía en la que él porta un penacho multicolor. Era más joven, más fuerte. El centro del penacho tiene un espejo redondo como las nubes oaxaqueñas.

En el zócalo retumba su voz. Unas mil personas dispersas en el atrio de la catedral oaxaqueña miran al papa, encorvado. Algunos creen que es más viejo que en la televisión. "La buena noticia es que Cristo nos redimió y por eso el mundo es de los desposeídos, bienaventurados los pobres, porque de ellos es el reino de los cielos, pero también la tierra es suya".

La monja se acerca a la cama, le da un beso en la frente y le inyecta butorfanol. Mira al papa que poco a poco cierra los ojos, dejando atrás el dolor que le ha traído la enfermedad. Sueña y en sus sueños se mezclan el pasado y el delirio.

Karol Józef Wojtyła vive sus últimos días. Lo sabe. Lleva muchos años soportando la idea de morir. Le anunciaron primero el Parkinson. Después Alzheimer. Ahora pronuncian la palabra cáncer. Wojtyła lleva, además de sus enfermedades, el silencio que lo convierte en cómplice. Lo dice lamentándose mientras se mira en un espejo adornado con bordes de mármol negro. El delirio se transforma y es un caminante en la nieve. Aún no es el Santo Padre. Pasea junto a su amiga de juventud Anna-Teresa Tymieniecka. Vacacionan en Les Combes, hacen una fogata en el bosque francés. El sueño lo deforma todo; él vuelve a ser un anciano que no deja de sentir culpa y ella es una niña que le habla en polaco:

"¿Usted sabía lo de Theodore McCarrick? ¿Dónde estaba Dios mientras usted protegía al abusador?", lo cuestiona la niña y Karol teme que alguien la escuche. Ahora trae una capa rojo cardenal. Pasea sonámbulo por las habitaciones de un palacio. Su cuerpo tiembla. Tiene Parkinson. Lo atosigan unas voces en lenguas que ha ido olvidando. Se detiene frente al Baldaquino de San Pedro. Mira su anillo y suplica clemencia. "Es demasiado seguir en el mundo. Es demasiado cargar a cuestas con el tiempo, con los siglos de una institución rota".

Flavio tenía veinte años cuando escuchó al Santo Padre. Lo descubrió con asombro. Había dejado de creer en Dios. Desaprendía a diario las oraciones que le enseñaron sus padres. Desde su nacimiento, ellos lo encomendaron a San Martín de Porres, el fraile peruano que le da pan a los pobres, y lo vistieron con un hábito como manda para que su precaria salud mejorara. Ese día acompañó a su madre y a sus tías al zócalo. Pensó en Dios. En si lo que decía el papa era verdad. Si pronto sería una realidad que la tierra les iba a pertenecer a los desposeídos.

El discurso lo conmovió. No se explicó nunca el estremecimiento colectivo. Ni el choque de emociones que le provocó al desmantelar sus recientes ideas sobre el mundo. Sus maestros de la universidad le habían enseñado de filosofía, todo lo necesario para negar la gran mentira: Dios.

"Aquí se enseña a explotar la tierra, no a los hombres", leyó esa frase y supo que ese era su lugar. La universidad, los libros. Sería un agrónomo. El sueño de su padre. Él hubiese elegido otra carrera. Pero su padre le había dado solamente una oportunidad. No había más.

Pater, hic sum. Unas lágrimas corren por el rostro apergaminado de la monja luego de oír al Santo Padre. Entre todo lo que le dice, se queja de haber perdido el anillo de San Pedro. Ella le limpia la saliva. Y le sigue leyendo sus diarios de viaje.

Karol sonríe y aplaude. La gente en el zócalo lo celebra. Frente a él, se aparece Pedro, con sus ojos de apóstol que resguarda a Cristo; le mira la mano derecha, el brillo redondo del oro, y con su astucia y arrojo lo asfixia con sus brazos de gladiador.

Se escucha un lamento que resuena en el Palacio Apostólico. Luego silencio. El olor a nardo se intensifica. Los pasos de gente que viene y va y el llanto de la monja. Karol Józef Wojtyła, Juan Pablo II, ha muerto en Roma. Es el 2 de abril de 2005. Ha muerto demente, desmemoriado. Ha muerto oyendo el relato de sus diarios, las cartas que recibió. Ha muerto poco después de la Pascua, y en Oaxaca apenas está por ocurrir todo.

¿Será conveniente decir que estos días son como los golpes de Dios? A esto se refería el poeta en sus "Heraldos negros". Papá dice que esto es una fisura, que si salimos ilesos seremos más fuertes. Nos promete, en nuestros encuentros bajo los laureles, que si todo esto termina y seguimos vivos nos iremos juntos de viaje. Mamá, Rafael, mis hermanas, él y yo. Pero su voz solo es un eco dentro de mi cabeza. Mi corazón habla a través de él, como si de alguna manera su espíritu me dictase estas palabras. Este fragmento de la historia no pertenece ni a mi padre ni a mi madre, ni a mis abuelos muertos y vivos. Esta es mi historia, de nadie más. La construí para tener una casa. Es mi historia, aunque involucre a una colectividad: es como una novela rusa que menciona a Napoleón para hablar del amor y del sufrimiento humano. Miento, porque yo no escribo una novela, sino apenas unas notas. No soy Tolstói. Quizás la única semejanza es la muerte y la guerra, y el odio, la miseria, la ruina. Todo está igual. No importa cuántas revoluciones han pasado.

De niña me gustaba robar la casita de mi hermana: era una casa de palabras. Mi hermana, en su cumpleaños número cinco, recibió de regalo unas placas grandes de esponja con las letras del abecedario. Esas letras podían unirse unas con otras y formar figuras. Mi hermana Frieda construyó con ellas una casa. Recuerdo perfectamente que dijo: "Aquí me quedaré a vivir, después voy a renovar mi casa, pero aquí me voy a quedar a vivir". La armó en el centro de nuestra sala. Y yo, en la noche, mientras todos descansaban (mamá, papá y Frieda dentro de su casa de letras) desarmé la casa, placa por placa, y cubrí con una cobija el cuerpo pequeño de mi hermana, que siguió dormida. La bebé, mi hermana Jerome, despertó a todos con sus llantos y al oírla, yo me oculté tras un sillón.

Frieda lloró toda la mañana, hasta que le di mi muñeco azul, que nunca le prestaba para sus juegos, y le dije que cambiaríamos por unos días de juego. Ella aceptó y pidió también a mi muñeca Barbie. Así fue. Olvidó las placas con letras. Yo me divertía dentro de la casa que construí. Y sentía que allí era feliz. "Mi casa nadie la derrumba".

Me gustaría, a estas alturas de mi vida, ser una artista del hambre. Creo que al perder el hambre se pierden también los deseos, las pulsiones, la identidad. Uno se va desvaneciendo. Va dejando de ser.

Pienso que mi hermana se llama Frieda por Kafka. Pero no. Según mi padre tiene que ver con una pintora austriaca que vendría siendo una familiar indirecta nuestra y que algo unió a Frieda con nuestra familia paterna... No tiene importancia. He pensado en todo ello porque ahora me quedan muchas horas libres para pensarlo. Porque ya hay una oquedad, una grieta, un escape. Y a través de esa ruptura la memoria ha ido atrapando palabras, ideas, imágenes.

Una casa de palabras. Eso es. Ver que todo se derrumba y que alguien malicioso, mientras uno duerme plácidamente dentro de la casa, destruye el hogar, te deja a la intemperie... y luego simplemente te arrebatan la casa.

Mi padre tiene cuarenta y cinco años. Es "activista". Qué ridícula palabra. Debería reunir valor y burlarme en la cara de mi padre de ese término: "activista".

Soy como una pulga dentro de un circo de pulgas. Para mi padre las pulgas no existen. Yo tampoco. Para él, lo importante es el mundo. Cambiar el estado de las cosas en el mundo. Y me siento disminuida y sin espíritu. Mis padres cumplieron, ayer, veinte años juntos. Mi edad. Ser lo que une. Qué triste ser algo que une: ser el centro. O el comienzo.

Tengo que contarte algo, papá. Al salir de la cárcel, nos detuvimos en la carretera fría y árida. Mi madre y el chofer que nos llevaba bajaron por un café. "Siempre hace frío aquí", dijo el conductor. Mi mamá estaba a punto de llorar. Nepantla. Ahí había nacido Sor Juana. ¿Qué hacemos acá?

Me gustaría dominar las palabras, papá, como lo hicieron Sor Juana o Rainer María Rilke o Guadalupe Dueñas. ¿No la has leído? Tiene un cuento bello y triste. Se llama "Tiene la noche un árbol". Es algo así como nuestra desgracia. Así de profunda. Un día lo leeré para ti. Un día que mamá y tú regresen de algún viaje, siendo muy viejos, yo cuide la casa y mis perros y mis hermanos vengan a cenar.

Dices, papá, que yo lo dramatizo todo. Que quiero vivir en la tragedia. Pero dime si esto no es una tragedia. ¿Cómo vamos a vivir cuando te condenen? Dice uno de los abogados que te darán sentencia de más de cien años. Cien años, papá, como los personajes de la Biblia o como los árboles. Los arboristas (aunque deberían llamarse dendrólogos) tendrán que abrir nuestras almas y examinar los círculos para saber que vivimos más de cien años, que nuestros cuerpos a pesar de estar muertos han creado hongos que se comunican con las cortezas y se dejan escuchar como una orquesta.

Hoy decidí, papá, que estudiaré filología. Sé que no te importa, pero ¿no encuentras algo de magia en analizar una tras otra las palabras para llegar al origen? Papá, estoy segura de que si el tirano se fuera de Oaxaca todo seguiría igual. Si Felipe Calderón o cualquier otro gobierna, el mundo seguirá siendo el mismo hoyo en que nos hunden para aniquilarnos y poder ostentar el poder. El poder es la sensación de asomarse desde lo muy alto y mirar cómo los otros suplican clemencia. Por eso te amo y te admiro tanto, papá. Estoy segura de que a ti no te importaría eso. Sé que estás en la cárcel para comprender algo. Para volver a casa y dar gracias por la sopa de pescado humeando en un plato. Para abrazar a mamá y mirar las estrellas. Para ver una película de Fellini y comprender algo sobre los sueños. Sé, papá, que somos más libres hoy, también que mis hermanas, Rafael, mi madre y yo te entendemos y admiramos. Hoy que salimos a la calle protestamos ante lo atroz. Hoy ponemos el cuerpo para detener un tren que nos empuja.

XXI

Adolfo, "el Chivo", había determinado que el humo blanco era una buena señal. Además, habían comprado una buena brazada de troncos verdes. "Procedan", ordenó "el Chivo" por el walkie-talkie y su voz se expandió.

Cincuenta hombres recibieron la señal. Pero fueron las mujeres las que prendieron el fuego, las que apilaron los troncos, las que gritaron la misma consigna: "Va a caer, va a caer, el tirano va a caer". Una de ellas, en Calicanto, gritó: "Ya cayó, ya cayó, el tirano ya cayó". Y todos festejaron.

"El Chivo" tenía casi cincuenta años. Era profesor. Pero quería ser abogado y escritor de novela negra. Le gustaban las historias de Paco Ignacio Taibo II. Le gustaba también escuchar a la Maldita Vecindad en su vocho. Esa era su vida. Un maestro de Historia que les sugería a sus alumnos, en el primer día de clase, la novela *Días de combate*. "El Chivo" se unió de manera natural a esa revuelta. Estaba convencido de que era el momento, la gloria.

Los maestros se agruparon en secciones: regiones, sectores y luego niveles. Adolfo era de Valles

Centrales. Daba clase de Historia en una secundaria en Ocotlán de Morelos. Era él quien escribía los programas para los lunes. Buscaba efemérides, y elaboraba los discursos que se pronunciaban en las ceremonias importantes. Llevaba veintisiete años haciéndolo. Antes de obtener la plaza en secundaria fue maestro de sexto de primaria.

Adolfo organizó a sus compañeros como una de las secciones más sólidas y combativas. Usaban frases de protesta muy populares: "¡Duro, compañeros! ¡Cuando el campo se levante desde el valle hasta la sierra, temblarán los poderosos!".

Lizbeth vio la fotografía una vez más. "El Chivo" estaba junto al "Demonio de Tasmania", como llamaban también a Flavio Sosa. Junto a ellos, estaba un hombre calvo y en silla de ruedas, el líder de los pueblos triquis; un líder del movimiento estudiantil que en su rostro tenía marcas de tortura a causa de haber sido secuestrado algunos meses, durante el movimiento estudiantil de los ochenta en Oaxaca; un hombre que fue fundador de la Coalición Obrera Campesina Estudiantil del Istmo, la COCEI, a la que también pertenecieron Elena Poniatowska y Carlos Monsiváis; una mujer de cabello blanco, alta, muy delgada y vestida con una bata médica pulcra.

El policía señaló la fotografía que Lizbeth tenía en las manos, con voz socarrona.

—Este es "el Chivo", del Frente Popular Estalinista, un cabrón que da clases en una secundaria de Valles… Pinche güey… Comanda las brigadas de seguridad del zócalo. Lo armó con unos chamaquitos chamulas. El muy culero organizó un grupo de veinte maestros que hablan en mazateco, huave, zapoteco, mixteco y mixe. Nadie les entiende. Hay tres hablantes de chinanteco. Se hablan en clave y difunden rumores para despistar a los espías… También tienen orejas de este lado. "El Chivo" es el que organiza los rondines de madrugada y el que habla a las radios para que la pinche gente se alebreste y salga a las barricadas.

—¿Y esta loca quién es? —preguntó Lizbeth, sin disimular el gesto de asco.

—A ella le dicen "la doctora escopeta". Es también medio ultra. Pero usted tiene razón, jefa, esa es una loca… está zafada. No se preocupe, señora, créame que todos esos son unos pendejos… Ya ve usted al líder de los maestros… jajajaja… pinche Rueda. Acá mi compa, "el Neto", estuvo allá con el señor Vera el día que le dieron los tres pinches pesos… El muy ojete del Rueda no se tentó las manos para contar uno por uno los billetes… Cuéntale a la señora, pinche Neto…

—No tiene de qué preocuparse, jefa —dijo "el Neto", un policía con facha de mafioso siciliano—, si todos esos cabrones son como el Rueda Pacheco, con unos pinches millones esto se acaba. Ni se apure.

Es cosa de un mes. Lo que nos preocupa son los chamacos esos... No los chamulas, los otros... los de la pandilla.

—¿Qué pandilla? ¿De qué hablan? —preguntó fastidiada Lizbeth.

—Pinche Neto, vales madre... Nada, señora, es una cosa que no tenemos confirmada todavía... Estamos haciendo apenas unas pesquisas... pero no podemos confirmar nada. Son unos chamaquitos que llegaron huyendo del "bombón asesino"...

—¿Quién es "el bombón asesino"? Miren, pendejos, lo que está pasando aquí es un desmadre y no voy a hacerme responsable de sus pendejadas... Así que no me anden con rumores. ¿Este reporte está respaldado por los policías colombianos? ¿Y los de la CIA? ¿Cuándo nos llegan?

—Sí, señora, descuide. Peña Nieto es "el bombón asesino", perdón por la broma. Los tiras gabachos quedaron de entregar el informe en dos días. Esto se va a acabar cuando acorralen al gordo y a dos o tres viejas... Usted decida a quiénes. Dos o tres y luego nos vamos recio con la policía en la calle, levantando gente. No hay de otra. Así le vamos haciendo, señora. Usted confíe.

Lizbeth los observó salir de la oficina y llamó a su asistente personal.

—¿Los colombianos, qué tan efectivos son?

—Son los mejores, señora. Además, no son todos colombianos, hay un chileno y dos argentinos.

Son los mejores en contrainsurgencia. No es un mito. Son expertos. Esto es cosa de unos meses.

—Nos vamos a hundir y tú hablas de meses. Necesitamos que este desmadre acabe ya. Vamos a pensar en quebrar a cada uno de esos pendejos. Hay que empezar por Flavio. Voy a empezar por su casa —dijo y luego se limpió el sudor con un kleenex y se acomodó el cuello de la blusa.

Lizbeth aún no cumplía cuarenta años cuando la nombraron procuradora de Justicia. Antes de su designación, le gustaba leer la revista *Vanidades*. También la *Cosmopolitan*. El día que la nombraron procuradora, Lizbeth compró un boleto de avión a París. Llevó a un asesor que el señor gobernador le había recomendado por su eficiencia y capacidad: "Este cabrón ha leído más libros que todos nosotros juntos". Y señaló a todos los funcionarios de la sala de juntas del hotel Victoria, su lugar favorito.

Fueron al Louvre. El asesor contrató un tour en español para que Lizbeth pudiera entender el recorrido. Compraron bolsos, zapatos, lentes y ropa cara. Bebieron champaña, hicieron fotos en cafés y en jardines. Al regresar a Oaxaca, Lizbeth se dijo a sí misma que ahora era una mujer de mundo. Se lo decía frente al espejo, muy temprano todas las mañanas: "Soy inteligencia y sabiduría. Soy prosperidad y atraigo la fortuna". Por su parte, su asesor creía estar rumbo al peldaño final, las grandes ligas: ser asesor del gobernador.

El asesor de Lizbeth, Mario Donís, solía escuchar a The Smiths para comenzar bien el día. También leía *Le Monde, The New York Times* y todos los periódicos nacionales a los que estaba suscrito. Mario era inteligente. Era culto y era ambicioso. Coqueteaba con la idea de mudarse en unos años, retirarse de esos ambientes. Pero mientras eso ocurría tenía que elaborar discursos, diagnósticos y hacer que los funcionarios se aprendieran de memoria citas de algunos escritores franceses.

Lizbeth detestó siempre a la gente mal vestida. Solía decir que los zapatos eran reflejo del alma. Cuando terminó la llamada telefónica con Ulises Ruiz en la que le anunciaba que sería procuradora, Lizbeth asumió su papel y dijo, determinada: "No vamos a tolerar esas güevonadas… Es que eso son: unos güevones", a lo que nadie respondió porque estaba sola en su habitación.

Es de nuevo la voz:

Ábreme, búscame en el pasado,
hurga para que puedas entenderlo.
¿Viste a la muerte? ¿Esquivaste una bala?
Pon atención: todo se mueve.
Es un balance. Ahora todo está a punto de mutar.
Eso es.
¿Ves el tatuaje? Un padre pierde a una hija, o un hijo
pierde a su madre y a su padre.
Ahora la enfermedad de los
sobrevivientes.
Ahora la calcinada canción
de lo que sigue.
Ahora la tortura, el electroshock, el golpe.
Ahora el fétido aliento…
ahora el hambre de los marginados…
te engañas,
porque nada ha cambiado.
Y crees que podría
caer la ciudad.
Que todo va a cimbrarse.

Pero escucha y ve
a las montañas.
¿No lo percibes?
Es la gota
perpetua.
De la que se hablaba
en códices.
Es el mismo embrujo,
de los que estuvieron antes...
antes de la tierra con el nombre
de los huajes...
¿Ya lo sabes?
No se dice hechizo.
Tampoco ritual.
Es la primera piedra,
que es al mismo tiempo
la última,
sobre la que se erige el tiempo.
La primera piedra es
un cadáver.
Vendrán batallas.
Va a nublarse.
Y luego, sobre un animal,
se irá montada
la desgracia...
y van a interpretarla,
a buscar explicaciones...
pero ustedes no sabrán
nada sobre ese origen.

¿De qué estamos hechos, papá?

De carne.

¿Por qué murieron todos y nosotros seguimos? ¿No será que todo esto es un sueño?

No lo es.

XXII

—¿Cómo comenzó todo, Flavio?

—La APPO surge de la necesidad de protestar contra el estado de sitio en que el gobernador entrante intentó colocar a Oaxaca. Veníamos de dar una batalla electoral que nos fue arrebatada por Felipe Calderón.

Leo la transcripción de la entrevista que la periodista de Al Jazeera le hizo a papá en mi cuaderno negro. Me gustaría a mí también hacerle muchas preguntas que me ayuden a entender todo.

Encuentro en la caja algunas fotografías y revistas donde aparecen artículos, entrevistas sobre la APPO. Siento que las lágrimas se vienen sobre mí con cada fotografía. En una de ellas estamos papá, Frieda, Jerome y yo junto a unos niños músicos. La tomó mi madre. Detrás de la foto dice: RECUERDO DE SAN MELCHOR BETAZA. La escena llega a mí junto con el frío de esas vacaciones. Estábamos en casa de un amigo de papá. Fueron cinco días de fiesta. Tomamos refresco, comimos pastel, visitamos unas plantaciones de café. Jugamos con niños desconocidos.

Dos o tres días después de ese viaje, ya en casa, descubrí con pavor a mamá, sobre la cama, sangrando. Su cuerpo extendido me causó miedo, pensé que moriría. Mamá no me explicó qué le pasaba. Mamá se olvidó que teníamos que ir a la escuela al día siguiente, olvidó que teníamos que comer y seguir la rutina. Creí que ahora yo tenía que hacerme cargo. Lidia, quien limpiaba la casa, se convirtió en nuestra cuidadora. Nos alimentó y nos mandó a la escuela. Resolvió todo lo cotidiano. Luego de un par de semanas, yo estaba cansada y odiando mi papel de hermana mayor. Escuchaba cada noche la misma discusión entre mamá y papá:

—¿No te basta con tus hijas? ¿Quieres una hija más?

—Siento que algo está incompleto entre nosotros.

Fue dos años más tarde que nos enteramos de que nacería un niño. Entonces todo fue pleno. Entonces mamá sonreía y preparaba la nueva casa. Nos permitieron tener un perro. Un perro blanco al que llamamos "Mugres". Luego nos mudamos. Nació Rafael. Fuimos absurdamente felices. Viajamos mucho juntos. Celebramos. Mis hermanas y yo íbamos a cursos de arte. Mamá era una jardinera consolidada y una extraordinaria y experimentada cocinera. Todo era apacible. Calmo. Luego la vida poco a poco se fue desmoronando.

XXIII

Mi padre dijo que mi vida era un desperdicio. "¿Qué va a ser de ella, Beatriz?", le dijo a mamá mientras recogía los restos de pastel, confeti y tiritas de papel metálico. Fue en mi cumpleaños número dieciocho. La casa caía y yo buscaba huir de todo.

Era cierto. Mi vida no tenía ningún fin. Yo era una sobreviviente. Iba a un gimnasio y después a las clases de francés, que abandoné a la mitad del curso. Era mi fase larvaria. Pienso que yo era, en esa época, el contenido de un matraz en un laboratorio cualquiera. Un residuo. Un pan para un experimento de la clase de Química en la prepa. "Ahora veremos el moho. Ahora veremos el hongo. Ahora veremos lo que va a ocurrir cuando la materia descompuesta nos demuestre que allí dentro, en la podredumbre, también hay vida". Recuerdo la voz de la directora diciéndole a mi madre: "La escuela es como una manzana... hay que sacar a los gusanos para que la manzana no se pudra". Era la última oportunidad que me daban mis padres para que yo concluyera el segundo año de preparatoria en una particular. "De verdad no te entiendo. Lo tienes todo. Y ni así. ¡Tan malas calificaciones! ¿Por qué no puedes siquiera aprobar con seis?", me reprochó una vez papá.

Mis padres habían descubierto un pedazo de cartón en una cajita adornada con chaquiras y lentejuelas. Un ácido en mi mochila. Droga. Mi bolsa era una extensión de mi cuerpo. ¿No era ese el propósito? Tener algo para ti, un cajón, una libreta, un bolso, una cueva para ocultar ahí tu dolor o tus deseos más oscuros.

Para "calmar su paranoia", como decía papá, mamá acudía con un psiquiatra que le recetaba Rivotril. Mi padre revisaba mis cuadernos y mis diarios a escondidas, se enteraba de mi escritura, la que yo consideraba un acto de intimidad que no debía ser violado. Quería estar sola. Encerrada y pasándola fatal. Sufriendo como una larva que no encuentra acomodo en su cuerpo.

Decidí darme de baja de la prepa el día en que Fernando, el profesor más cruel que he tenido, mostró frente a todo el grupo el tres que había sacado en el examen. Tres en matemáticas. Fernando era un maestro destacado, pero una mala persona; denigraba a los que creía inferiores. Hacía chistes con saña sobre la apariencia de sus alumnos.

No les dije nada a mis padres. Continué yendo por las mañanas a la prepa. Me ponía el uniforme (la chamarra con el escudo y el pantalón de mezclilla) y al llegar a la puerta de la escuela, me despedía de mi madre. Luego vagabundeaba: iba a iglesias, en especial. Miraba a los santos acongojados que parecían buscar la muerte; me sentaba en las bancas, y en mi cuaderno dibujaba sus siluetas. Otras veces, me acercaba para escuchar las plegarias de quienes lloraban o pedían. De vez en cuando acompañaba los cantos de las monjas, a las que les inventaba historias distintas sobre por qué no estaba en la escuela.

Salía de la iglesia una o dos horas después y me refugiaba en un café para almorzar cualquier cosa y pensar en las historias escuchadas en la iglesia. Quería escribir un cuento sobre una monja que no encuentra la felicidad hasta que está en agonía.

Pasaron días hasta que encontré la biblioteca, y mi universo empezó a ser menos hostil.

La APPO nació en un día indeterminado. Y sí nació en una asamblea. Días y días de reuniones. Días y días de gente que sentía que la historia de Oaxaca se estaba escribiendo una vez más.

¿Y si todo es una burla?
Sí: una burla de quienes siguen ostentando el poder.

Aunque aparezcan cadáveres y desaparezcan mujeres.
Una burla, no de Dios, más bien de los que administran
la riqueza de la iglesia en la tierra.
Una burla de Echeverría, Díaz Ordaz, Juárez, Mussolini,
Calderón, Peña Nieto, Miguel Alemán…
Todo es una burla: los apellidos resbalan en los días.

Es el sinsentido, dice una voz.
Y de nuevo la sangre: *crip, crap, crip, crap:*
una gruta de sangre derramada por inocentes…

niñas, niños... dónde quedaron sus nombres...
una canción muy triste.

Sus madres, las madres de esas niñas y de esos
niños,
lloran y nada se estremece.
Todo sigue idéntico. Sin movimiento.
El cráneo de la mujer que fue cercenada.
El cráneo y la laguna de sangre
y en el centro la podredumbre:
en el centro,
el cuerpo de una niña,
tiene cuatro años y tiene hambre.
¿Quién te trajo aquí?
Para ser ignorada...
tienes hambre y aún no lo sabes.

La gota de sangre que podría ser
un himen o algún órgano... roto
y luego las violencias diarias...

¿A cuántas niñas, a cuántos niños?
¿No es este el lugar del asco?
Deposita aquí, en este paraje sin nombre,
tus esperanzas...
recuerda las palabras o inténtalo...

Habla entonces de Dios, de dioses...
habla del abuso, del engaño... habla de...

la batalla.

La gran batalla... y una mujer polaca hace las fotografías.

Una horda, grita y vuelve a brotar todo del polvo, venido de la furia: no tenemos empleos, ni prestaciones... no tenemos sombra para descansar nuestros cuerpos.

El lenguaje se ha roto de nuevo.
El lenguaje es como una tira de papel,
papel suave o fibra de un árbol...
nos quedan pocos árboles. Los talaron, los convirtieron en
combustible
y ahora quieren que todo sea calma.

Escribo todo esto contagiada por el dolor de mi padre, por el dolor de ver todos los agravios y de ver que estamos desapareciendo.

XXIV

Lurdes, y no Lourdes como lo aclaraba siempre, era la esposa del gobernador Ruiz. A la señora le gustaban las plantas. Le gustaba cultivar orquídeas y acudir a todos los eventos de beneficencia posibles.

Detestaba lavar los trastes, nunca lo hizo. Siempre había vivido en la calle de Violetas. Siempre fue de clase media alta. Siempre aspiró a conocer a un "buen" hombre, abogado o dentista de preferencia, y casarse y formar un hogar estable. Siempre había soñado con una casa en Coyoacán. Y es que a la señora Lurdes le parece que Frida Kahlo es la pintora más extraordinaria de México.

En medio de todo aquello de la APPO, de su marido perseguido por esos "barbajanes", de Oaxaca en llamas, una mañana recibió una llamada de una periodista nacional, muy reconocida.

La señora Lurdes, con sus amigas y sus familiares más cercanos, tenían establecida como norma principal de sus vidas no pensar en todo aquello de la APPO.

—Se va a solucionar, no te preocupes, cielo —le dijo a su marido la única vez que el señor Ruiz le confesó que todo estaba fuera de sus manos, que aquello podía ser el final de su vida como la conocían, que quizá tenían que irse de Oaxaca o de México.

El señor Ruiz no dijo nada después de la frase de su esposa y no volvieron a mencionar el tema nunca, hasta varios años después.

El día de la llamada con la periodista, febrero de 2007, la señora Lurdes fue invitada a un evento de beneficencia. Un evento al que todas las primeras damas del país acudirían. La señora Loló tenía una fundación que se dedicaba a donar lentes, o suéteres, o despensas, o juguetes, o cualquier cosa. El altruismo sostiene a este país. Eso decían las invitaciones del desayuno con causa. Un desayuno organizado por una marca de moda francesa. Cada invitada pagaba un menú preparado por un chef voluntario, y además compraba algunos artículos que la marca generosamente regalaba para así generar algunos pesos que se invertirían en comprar las donaciones...

—Muchas gracias por su noble trabajo, Loló. Claro que sí, cuente con mi boleto de entrada y el de dos amigas más. Pero también quería pedirle ayuda. Usted sabe que la situación en Oaxaca es alarmante. Me gustaría invitarla a hacer un reportaje sobre la labor del CRIT en Oaxaca. Y la labor de la fundación que dirigimos algunas amigas y yo. Hablar de todo el trabajo que hacemos a favor de Oaxaca. Tan noble e importante como el suyo, querida Loló... Sí, sí, claro. Lo hablo entonces con su asistente y cuente con todo lo necesario para que usted y su equipo estén a salvo de esos salvajes que tienen secuestrada la ciudad... Sí, es que eso es: una salvajada. Y además son unos barbajanes.

Después de colgar, la señora Lurdes se dedicó a regar su nueva orquídea. Era una orquídea *Phalaenopsis*. La señora se quedó un momento mirando las hojas verdes y aceitosas de su flor. Quería pensar en otra cosa, dejar de imaginar la ciudad en ruinas. "Son unos barbajanes... Son escoria. La razón la tenemos nosotros", repitió para sí.

XXV

Amelia perdió el cabello. La raparon. Siente todavía la máquina rozando su cráneo. Cree que se ve horrible. Tiene vergüenza de pensar en su rostro presente. Tiene náuseas. Tiembla. Cierra y abre los ojos, pero no logra recuperar la luz. Siente las palabras de las policías pegadas a su cuerpo, cernidas como una grasa que se adhiere lentamente. Siente y quiere dejar de hacerlo. Quisiera ser un vaso de unicel flotando en el agua de un río. No conoce el mar. No se le ocurre pensar más que en aquel día que fue a San Sebastián de las Grutas y observó el río limpio, una cascada helada que lo moja todo. Y luego se bañó con el short y el top, junto a Jerónimo, su novio. En una de esas vio un pedazo de vaso de unicel flotando y sintió calma. Ahora quiere recuperarla. De lejos se escucha el ladrido de unos perros. Alguien entra.

El médico se acomoda frente a ella. Su cuerpo despide un olor dulce. Como si alguien hubiese embarrado una miel por todos sus huesos y su piel.

Huele a formol. Amelia sabe que está en un consultorio por el olor. Poco a poco la luz va entrando a sus ojos. En un frasco, un feto. Lo mira. Un cuerpo enjuto dentro de un frasco redondo. La piel ha empezado a despegarse con urgencia. Pedazos diminutos de carne flotan suspendidos en el líquido. La solución que le inyectarán la mantendrá adormecida durante quince horas, que podrían extenderse a veinte. El doctor del penal la recuesta y la deja ahí, en el consultorio donde la luz se va desgajando hasta convertirse en un zumo ácido de azul; cae la noche. Amelia va sintiendo el cuerpo más ancho, como si un látigo pudiese atravesarla de un costado a otro. Su cuerpo pasa de una estrechez natural a una elasticidad disfrutable y absoluta. El cuerpo que sale de la piel, de los huesos. El cuerpo que deja de serlo y muta. Se viene una tormenta: palabras y rostros, gestos de desconocidos que atraviesan calles. Objetos, olores... Palabras.

El mundo se condensa esa noche. El mundo se multiplica en su cerebro, una, dos, veinte mil veces... Quince horas. Sus huesos se desenredan, las imágenes se fugan a otro sitio: al mundo.

Deja de escuchar aquel aguacero de gentes, gestos y ruidos. Esa ráfaga se apaga. Entonces le queda la luz. La luz y las cobijas de aquel camastro.

Su cuerpo, cincuenta y cuatro kilos, su esqueleto rígido, sus ojos de animal atrapado. Capturada. Presa. Olvidada. Una mujer, una enfermera, entra. Le ofrece agua. Le acerca un vaso de plástico. Amelia sorbe con miedo, un temblor le captura cada tendón del cuerpo. Sorbe y gime como un perro recién traído al mundo.

La enfermera es un fantasma. No dice más que lo necesario. Le da el vaso y apaga la luz. Se queda en una silla que parece caerá en cualquier momento. Escucha el rumor de la silla, mientras la enfermera se mece.

—¿Te llamas Amelia?

Ella no habla ni balbucea. Está rígida.

—Soy Elvira. Te voy a cuidar. Necesito que hablemos. Sé que te sientes mejor. Ayer no pude platicar contigo. Soy enfermera y trabajo aquí desde hace dos años. Hace cuatro días que ustedes llegaron. Aquí noviembre es muy inclemente. Noviembre y diciembre son meses muy fríos acá. Así que te aplicamos un medicamento para la febrícula. Seguro es el frío lo que te está haciendo daño —dice Elvira, con coraje. Sabe que esas mujeres están allí sin razón.

Amelia tiene los ojos alargados. Unos ojos de gato. Ojos misericordiosos. Su cabello también está mordisqueado. Su cuerpo cadavérico y la piel blanca.

—Perdí mis zapatos. No entiendo qué hacemos aquí, ayúdame a escaparme de aquí. Juro que yo no hice nada. Yo estaba caminando, estaba buscando a mi tía. Ella es maestra y cuando vi ya me habían trepado en una camioneta. Me taparon los ojos. Me tocaron, me dijeron cosas muy feas. Nos iban a matar. Luego nos treparon a un helicóptero. Dijeron que nos iban a lanzar. Nos trajeron así muchas horas. Luego llegamos a una casa. Y estuvimos como una hora. Después me quedé dormida y desperté acá.

"Recuerdo que he estado ciega varias horas, mientras la sangre se enreda en mi cuerpo, mientras mis venas riegan el piso, ahí estoy, mi cuerpo y el interior, separados, abierta de un extremo a otro", dice todo eso en el delirio por la anestesia.

"He intentado armarme, construir los tejidos rotos, he ensayado mi caída una y otra vez. Caer y luego esparcir el vómito, dejar de mí un rastro, saliva, excreción, esa materia que soy, tan orgánica, tan real, hígado, tripas, a contraluz mi esqueleto es una sombra desprovista de interior, un cascarón duro, impenetrable.

"Y ahora me alimento de la oscuridad que emana del frasco azul, envuelta en esa tiniebla me encuentro con lo que soy, a veces soy ciega, mientras pequeños cortes se dibujan en mi mano izquierda, he de morir tullida, ¿estoy muerta ya?" Ya no habla, pero no deja de pensar. Piensa en todo eso. No lo dice. Piensa que tiene una voz, pero no. Solamente murmura unas cuantas palabras. Está temblando y las palabras solamente ocurren en su cerebro, como una larga alucinación.

—Ve a dormir, Elvira.

—No, doctora, cómo cree. Solo que estoy un poco cansada. Ayer tuve guardia y hoy no pude descansar.

La enfermera se queda y la doctora sale.

"Tendría que atravesar muchas horas en carretera, me da risa mi estupidez. País de mierda. Mi madre se debe estar carcajeando de mi 'coraje'. Puto país. Puta injusticia". Amelia se despierta y la enfermera deja de hablar frente al espejo.

—Vas a estar bien, Amelia. Pronto vas a volver a Oaxaca. Esto es injusto.

Ella se vuelve a dormir. O finge.

No importa: sigue presa.

XXVI

En un Sanborns de la colonia Tabacalera, se reunieron diez hombres y cuatro mujeres. Pidieron café, que era gratis, pan dulce y jugos de frutas. La gente los miraba con curiosidad. No parecían oficinistas, tampoco parecían de allí, del DF. Parecían extraídos de otra época. Eran algunos de los integrantes de la dirigencia de la APPO. Iban y venían en grupos de quince. Para cuidarse. Cargaban en sus bolsillos amparos para evitar ser detenidos.

Era la hora de los desaparecidos. Era la hora en que la gente que no participaba activamente en la APPO empezó a desaparecer.

Xóchitl era maquillista. Tenía veinticinco años. Le gustaba oír a The Cure desde la secundaria, cuando un novio le regaló un CD. Las canciones que Robert Smith cantaba le parecían tristes y oscuras. Xóchitl había estudiado en el CEDART. Pero al salir de prepa no pudo seguir la carrera. Le hubiese gustado estudiar teatro. Esa mañana caminaba por la calle Fiallo para ir a un evento. Tenía que maquillar a la novia. Llevaba dos meses sin conseguir un evento grande. Caminaba por allí porque su novio había vuelto a su trabajo como mesero. Patricio, su novio, entraba a las cinco de la mañana. Se habían despedido una cuadra antes. Luego todo fue oscuro. Luego, Xóchitl no sintió más que asco. Mientras la tocaban los hombres de capucha, dentro de una Van gris. Luego fue a parar a los pinos de Ánimas Trujano, a la pira colectiva.

Allí, en esa hoguera secreta, ardían cada madrugada cuerpos y documentos. Documentos robados en los tribunales, o computadoras, o cualquier cosa. Todo para que hubiera un culpable. Observar la gran pira era como observar el fuego en el Ganges, pero el fuego, ese fuego, era profanado. Funcionaba desde la última semana de julio de 2006. Habían comprado en dos deshuesaderos de Puebla llantas, pedazos de metal. Y habían puesto un gran letrero, sí, en medio del cerro, donde no había pobladores ni vecinos curiosos, un letrero que decía: DESECHOS INDUSTRIALES. NO ACERCARSE. La demencia de ese "gabinete de espurios", como los llamaban en la radio, no tenía límites. A veces lanzaban pedazos de cuerpos por las calles. Un día la esquina de Abasolo y Reforma amaneció con pedazos de bebé. Una placenta y sangre. Moscas y sangre. Vida y muerte. Y el pasmo de quienes salían de sus casas y las risas absurdas de los policías que ya estaban allí, el ejército había llegado el 2 de octubre de 2006.

XXVII

El 25 de noviembre de 2006 fueron detenidas más de 140 personas. Estuvo además la otra policía: gente sin rostro que levantaba a cualquiera que caminara y pareciera sospechoso. La policía secreta estuvo encargada de golpear, violar, desaparecer o asesinar a quienes podían ser contrarios al gobierno.

Eso fue la furia. Eso fue el fracaso de nuestros sueños de igualdad y justicia: minúsculos chorros de agua y ácido cayendo sobre los cuerpos. Golpes. Y las palabras. Nos quedamos sin voz. Se quedaron sin voz. Luego fuimos como figurillas de trapo, de barro, de maíz. Tal como esos primeros seres creados por los dioses.

En la caja había una nota escrita con la letra de mi padre. Ahí dice que los dioses habían creado y aniquilado a los primeros seres:

¡Que su vista solo alcance a lo que está cerca, que solo vean un poco de la faz de la tierra! No está bien lo que dicen. ¿Acaso no son por su naturaleza simples criaturas y hechuras [nuestras]? ¿Han de ser ellos también dioses? ¿Y si no procrean y se multiplican cuando amanezca, cuando salga el sol? ¿Y si no se propagan? Así dijeron […] Entonces el Corazón del Cielo les echó un vaho sobre los ojos, los cuales se empañaron como cuando se sopla sobre la luna de un espejo. Sus ojos se velaron y solo pudieron ver lo que estaba cerca, solo esto era claro para ellos.

Así fue: lanzaron y sembraron la ira, que ya se ocultaba dentro de las almas. La ciudad sangraba. De nuevo el cráneo cercenado de Donají. Ese nombre le pertenecía. Era, había sido, el nombre de una flor hoy inexistente. Donají, la que perpetuamente sangra. Oaxaca, no de Juárez, no de Porfirio Díaz, no de Díaz Ordaz ni de Morelos. Oaxaca de Donají, la azucena que sangra.

En el origen está una piedra lanzada

contra un cráneo

y de ese cráneo reventado nace la sangre

y luego germina la yerba.

¿Quién fue dueño de esa cabeza?

¿En qué monte sagrado se localiza?

Nadie observa. Nadie busca en lo alto.

Dice un viejo libro: "La Sabiduría escapó de la

boca del Padre, en forma de nube… En cada lugar

la sabiduría encontraba una sustancia de la que

nutrirse".

¿Quién es la mujer con la cabeza cercenada de la que florece una azucena? ¿Qué tiene que ver con Zaachilla Yoo? Parece todo un sueño, el delirio de una pintora enloquecida que busca incesantemente la muerte. Parece el sueño de Frieda, mi hermana, que pinta óleos tristes en donde un batallón de jóvenes desnudos (desposeídos) avanzan enfrentando a la nada.

¿Qué será la gloria? Solamente tenemos símbolos, todos inventados o reconstruidos. Llevamos siglos buscando ganar batallas y aquí estamos caminando a tropezones. La ciudad hiede a muerte. A sangre. Dicen que hay una pira donde queman los cuerpos de los muertos. A donde llevan a los desaparecidos, después de torturarlos o dejarlos casi muertos. En el principio de la nación zapoteca que somos, hubo otra guerra atravesada por el amor y el agua y un cerro: un sitio sagrado. Y luego aparece una mujer que podría ser un espectro. Un fantasma. Es Donají. Pero todas las batallas están ya perdidas para quienes las declaran. Para el que confronta

solamente queda la ruina. Para el que se
revela, solamente viene la muerte y otra vez ese
símbolo: Un cráneo con la yerba que germina: He allí
el símbolo.

XXVIII

Salgo del departamento un momento. Camino, voy rumbo al zócalo. Me detengo a tomar una cerveza en una terraza y me quedo contemplando los árboles. En los días de noviembre de 2006, aquí mismo, los árboles parecían crujir. Seguramente entre murmullos, que la gente ignoraba, comunicaron a los otros árboles sobre la muerte y la destrucción que venía.

Al tirano nunca le importaron los árboles. "Si a alguien ofendí, pido disculpas, solamente apliqué la justicia y dejé a Oaxaca como una de las ciudades más seguras del país", lo escuché decir en una entrevista por ahí del 2009. Lo dijo mientras entrelazaba las manos y sus labios temblaban discretamente escondidos bajo su bigote casi hitleriano.

Hitler no tiene nada que ver con el señor Ruiz. Por ambos, como por todos los tiranos patéticos, se puede enunciar una carcajada o guardar el más duro de los silencios.

"Esta vez apelamos a la renuncia del gobernador y al cumplimiento de todos los puntos que tenemos en el pliego petitorio. Condenar las protestas sociales es condenar a Oaxaca al peligro de la censura, del cacicazgo". Lo declaraba, saliendo de una mesa de negociación, un joven que se hacía llamar vocero y representante de los "rojos". Uno de los del FPE. Hay tantos grupos, tantos pensamientos, que siento que somos partículas de arena flotando en la superficie del agua. Caeremos lentamente hasta asentarnos en el fondo y quedar compactos, sin movimiento.

¿Qué significaba el rostro de Iósif Dzhugashvili, o Stalin, por toda la ciudad?

¿Y si, como en una novela ya escrita hace tiempo, todo fuera una broma?

XXIX

El penal de máxima seguridad de Almoloya de Juárez es una prisión alejada de todo. Carlos Salinas de Gortari lo construyó en el año en que nací. En esa época mi padre vivía y trabajaba en Nueva York. Era mesero en un restaurante griego en Brooklyn. Mi madre no tenía empleo y no lo tendría hasta un año después. Mis padres trabajaban más de ocho horas. Dejaron de hablar durante un año. Mamá a veces le enviaba cartas a mi padre.

Mi abuela recogía por las mañanas leche para mí y para mi madre. Éramos parte de un programa de bienestar social de Salinas.

Almoloya fue diseñado para encerrar a los criminales más peligrosos del país. Tiene poco más de setecientos reclusos. Casi todos están allí por vínculos con el narcotráfico.

En Almoloya hay un área de Tratamientos especiales en donde solamente hay veinte presos. Allí, en la estancia 8 del pasillo 1, estuvo papá desde diciembre de 2006 hasta octubre de 2007. Luego lo trasladaron a un penal de Oaxaca. En Cuicatlán. A cinco horas de la ciudad. En abril de 2008 lo liberaron.

Salió absuelto de todos y cada uno de los delitos que le imputaban: secuestro, despojo, robo, lesiones y lesiones calificadas. Nunca recibió una disculpa de parte del Estado. Tampoco la buscó.

Siempre han existido otros campos, otras prisiones sin nombre. Siempre la monstruosa realidad de la muerte y el sacrificio.

Almoloya. Pienso tantas palabras. Juego con las palabras mientras una policía mujer me pide que me quite la ropa y abra las piernas. Pienso en mi cuerpo. En lo que significa *vulnerable*. En la relación de esa palabra con el hecho de estar casi desnuda frente a una desconocida, en una prisión de máxima seguridad. Te pide que abras la boca y muestres los dientes. Parece que no quiere mirarte. ¿Sabrá por qué estás aquí? Enseñas la lengua. Piensas en un poema que leíste de niña… "El país del pan", y piensas en tu lengua hinchada por comer demasiada piña. Tienes veinte años encima. No sabes qué hacer con tu existencia. Y ahora esto: ¿Quién carajos mueve los hilos? ¿Qué vas a hacer con tu vida? Debajo de tu lengua no hay nada. Pero podrías ocultar allí una historia. O en tu cráneo. Es decir: dentro del cráneo, en una cavidad. En la memoria: un hueco dentro del hueco. ¿Por qué nos corresponde estar aquí? La gendarme te indica que para la próxima vez traigas la misma ropa. ¿Sonrió? ¿Eso es una sonrisa? ¿Viste en ella la intención de una lágrima? La conmueve el olor a podredumbre de este lugar. Ese lugar: el altiplano. Un altiplano es un lugar entre montañas. Aquí no hay montañas. Aquí huele a mierda de perro. Pero también huele a Chanel. Una de las mujeres huele a Chanel. Tiene uñas postizas y extensiones. Trae unos pantalones ajustados y el cabello muy negro. Viene maquillada. Aunque el folleto con las reglas, que pueden cambiar de un día a otro, dice que no se permite que las visitas usen uñas postizas, no se permite maquillaje, ni extensiones de cabello, ni relojes, ni joyas de ningún tipo. Tampoco se permite que la ropa sea de colores intensos. Aquí todo es flotante. No hay un barandal para sostenerte. Entras a un túnel en el que se muestra lo que no quieres ver. Papá, mi padre, está parado, en un locutorio, junto a un hombre que salió en los noticiarios por liderar una banda de pederastas. Al otro lado hay un hombre que fue acusado de más de veinte secuestros y de cercenar partes del cuerpo de sus víctimas. Papá nos prohibió durante años ver las noticias, pero ahora estamos aquí entre gente que ha aparecido en los titulares de los periódicos amarillistas de una nación desquiciada y que ama la violencia. Papá no es como ellos. Escribo esta frase mil veces y una más, para convencerme. Papá está aquí por una causa justa. Quiero pintar todas las bardas de la ciudad, de los pueblos, de los estados, hablando de lo que mi padre hizo. ¿Qué significa *osadía*? Algunos dicen que fue osadía. Yo solamente quiero volver el tiempo muy atrás. Viajar con mis padres al pasado y quedarnos pobres, como en nuestro origen, y labrar el campo. Sembrar árboles o cortar la yerba que estorba a la milpa.

Anoche pensé en mandar un cuento anónimo para la gaceta de la APPO. Es un fanzine que regalan en el zócalo unos anarquistas que usan pasamontañas. Publican poemas. Y puedes entregar colaboraciones escritas a máquina. Ellos hacen el fanzine desde cero. Pegan todas las hojas sobre papeles bond, doblan, recortan y fotocopian. El fanzine se llama *Los hijos de Bakunin*. No sé quién fue Bakunin pero seguro fue un anarquista. Si la biblioteca no estuviera cerrada iría ahora mismo a buscar algo sobre él. Papá no nos leyó nunca nada sobre anarquía. Pero mi mamá prometió que nos compraría libros que ofertaban en una de las mesas de los *rojos*, en doscientos pesos. Es una serie de enciclopedias de tapas rojas que se llaman "Historia de la libertad en América Latina". Recordé que ella nos ponía los casettes de *Las venas abiertas de América Latina*, de Eduardo Galeano. Papá había traído los casettes y mamá decía que debíamos *cultivarnos* pero a nosotras, a Frieda, a Jerome y a mí, no nos importaba nada sobre el oro, la plata o el exterminio. Yo tenía diez años, Frieda seis, y Jerome cinco. A nosotras nos intrigaba saber por qué papá decía que las cajitas felices de McDonalds eran para bobos y que la televisión era la caja idiota. Nosotras queríamos ver *En familia con Chabelo*.

El cuento que quiero mandar es sobre la muerte de Brad R. Will. Los manuscritos se llevan a la mesa de VOLCAN (Voces Oaxaqueñas y Latinoamericanas Construyendo Anarquía) y se pagan cincuenta pesos para que el fanzine se pueda publicar y distribuir gratuitamente en el plantón del zócalo y por todo el centro de la ciudad.

Papá dijo que fue uno de tantos asesinatos. Que fue igual de injusto y atroz. Que Brad era un anarquista y un activista. Que estaba aquí pero había viajado a otros países, a otras ciudades. Que hacía performance, escribía poesía y estaba haciendo un cómic. Que su familia vendría pronto para reclamar su cuerpo. Todo eso dijo y me miró intentando adivinar algo en mi cara de pasmo y tristeza. Obviamente no estaba enamorada de Brad. Pero algo me arrastraba a pensar en ese hombre como un ser extraño, inquietante y excéntrico que podía tomarse diez tazas de café en Los Cuiles antes de las once de la mañana. Café oaxaqueño, una mezcla de panela, canela y café hervido en agua.

El cuento que pretendo llevar, pasando desapercibida y firmado como Remedios, deberá decir que la muerte es verde. Brad usaba siempre una boina verde y una playera verde. Además pienso en un poema que leí con Antonio, un día que lo acompañé a su clase en la Alianza Francesa. El poema lo escribió García Lorca: "Verde que te quiero verde... compadre, quiero cambiar mi caballo por su casa, mi montura por su espejo, mi cuchillo por su manta"...

Esta ciudad que un día fue verde, como las piedras fundacionales, ahora es oscura, densa. Ahora es gris. Ahora empieza a desdibujarse mientras todos morimos sin darnos cuenta.

El 16 de junio del 2006, en Oaxaca, hay una megamarcha. Participan, según se dijo al día siguiente, más de trescientas mil personas. Llueve. La marcha agrupa a gente muy distinta. Hay muchas mantas, cartulinas, consignas. Había marionetas de papel maché, marmotas que ridiculizaban al gobernador, ratas de papel.

Había sonrisas y lágrimas. Sonrisas de ilusión. Todo se resumía en la palabra euforia. "Fuera URO. Va a caer, va a caer, Ulises va a caer... Aplaudan, aplaudan, no dejen de aplaudir, que el pinche gobierno se tiene que salir..." Gritos...

Allí estábamos y éramos. Parecía que algo iba a ocurrir. Y luego cada uno volvió a su casa.

Son las nueve de la noche. Diez adolescentes fuman mariguana bajo un laurel en el zócalo. Se escuchan voces provenientes de lejos, música revuelta. Si pones más atención se percibe el sonido del fuego: crepitar. Eso es, chispas y humo. Se escuchan a veces carcajadas. Nadie llora aquí. Ya tendremos tiempo para el llanto. Pero también a veces, muy a veces, se escucha el coraje, el odio breve que nos entra por la nariz mientras dormimos y los autos de los grupos de choque frenan y levantan a alguien.

¿Por qué odiamos? Está dentro, en una región inexacta, en lo más profundo. Es una sustancia que solamente podemos descubrir en instantes como estos. El odio se escuchaba brevemente, como el siseo de una serpiente muy grande y a veces el odio se manifestaba en palabras contra los policías: "Eso les pasa por no estudiar", gritaban en consignas burlonas… mientras marchaban por las calles ajedrezadas de la ciudad.

A veces el odio se manifestaba lanzando una bomba molotov a toda prisa, rápido, con odio.
A veces el odio se disolvía cuando se lanzaba una piedra o se bañaba uno con el agua infestada de las tanquetas chorreando ácido; entonces recordábamos que éramos los mismos confrontados. Los ojos de los policías y sus rostros difusos.

Mirábamos en el espejo el odio.

El 21 de agosto, en otra época, en los cerros de esa ciudad, cantarían los grillos. Esa avenida, que hoy está llena de estatuas de hombres desconocidos y que se llama Calzada de la República, era un riachuelo.

Ahora no hay lluvia. Pero sí hay voces que hablan, entre murmullos, del ataque.

De nuevo el gas pimienta y los disparos, de nuevo los empujones, los gritos: "El tirano está desesperado, ya estamos muy cerca de la victoria, compas. No se replieguen, putos, pinches puercos, aquí hay mujeres…".

En el zócalo hay menos de cuarenta personas. Esperan dentro de las tiendas de campaña, esas formas redondas de plástico colorido como banderas. De nuevo un asesinato. Y desapariciones confusas, y ahora un ruido intermitente.

Mujeres que toman un canal de televisión. Mujeres de rostros diversos. Y otras mujeres seguimos siendo manchas ocultas en el mapa de las ciudades. Mamá participa de otro modo. Mamá lava la ropa de mi padre. Mamá cocina y comparte. Mamá visita a papá en el zócalo. Mamá protege a las hijas y al hijo. Mamá va a las marchas. Mamá cierra la puerta por la noche y parece que conjura para que nadie traspase la casa, para que nadie entre por nosotras. Mamá acompaña a otras mujeres. Otras mujeres que no están al frente. Mamá ve todo desde una orilla. Y a veces nos canta una canción simple para que podamos dormir. Mamá va de una casa a otra porque ya nos persiguen. Mamá nos dice: "No, no son disparos, las balas no suenan así". Lo dice mientras llora. Pero sus lágrimas no se ven porque estamos acostadas con la luz apagada.

XXX

Tengo la cabeza llena de voces ajenas: mil barricadas. He querido encontrar un mapa de las barricadas en la caja. Pero no lo encuentro.

¿Cómo podemos mapear el dolor? ¿Cómo podemos hacer un mapa de la muerte, de los desaparecidos, de los ultrajados?

En su ensayo "Atlas portátil de América Latina", Graciela Speranza nos dice: "El universo entero puede cartografiarse en una sucesión de láminas. Hay atlas del cosmos, de los cielos nocturnos, de las nieves europeas, de colores, de la Biblia, del agua, de habanos, del ciclismo épico, de la Vespa o de los robots de Leonardo. Pero el atlas por antonomasia es el atlas de mapas, que debe su nombre al titán de la mitología griega condenado a llevar la bóveda celeste sobre los hombros. Como el coloso mitológico, el mapa carga con toda la información y el saber sobre el mundo, y ha sido desde los comienzos de la cartografía un instrumento de poder y dominación".

¿Estábamos mis hermanas, mi hermano, mi madre, mi abuela, mis tías, mis tíos y yo en el mapa de esos días? Mi padre estaba detrás de nosotros, lo sosteníamos, lo conteníamos. Éramos como un Atlas. Cada familia lo era a su manera. Sosteníamos a Oaxaca a nuestras espaldas.

Tiene razón Graciela Speranza: todo se puede cartografiar.

La memoria es un mapa. Por eso estas palabras son mi mapa. Pero estábamos, por otro lado, borrados. Omitimos nuestros sentimientos. Nuestra vida se detuvo. Dejamos de tener una existencia fuera de lo que antes era "normal". Muchas existencias se quebraron.

No importaba cómo nos sentíamos. Importaba el ideal común.

Agosto y septiembre, de ese año 2006, fueron lluviosos y también pesados. Los días se fugaban. Sabíamos que lo peor estaba por llegar.

La idea de un "gobierno popular", asumido por la APPO, se esparcía.

Un gobierno popular, equitativo. Era caótico pensarlo en ese momento.

No era un sueño. No era mi sueño. ¿Quiénes lo soñaban? Recuerdo a mi padre contestando entrevistas, al pie del kiosco del zócalo. Recuerdo a mi padre con veinte o veinticinco hombres, hablando en un mitin, frente a miles. Lo recuerdo también silenciado por la pandilla de adolescentes: "Vénganse a los madrazos, pinches putos". Eran los ultras. Una pandilla de niños, que proponían lo que podría llamarse acción directa. Todos estaban encapuchados. Solamente brillaban sus ojos furiosos. Y luego lanzaban piedras o pintaban: Ni dios ni amo. Viva la ANARQUÍA. ¡Viva Ricardo Flores Magón! ¡Muerte al Estado! ¡No son los líderes, somos las bases! Estaban en los huecos. En los lugares en que no estaba ni mi padre, ni los otros que hablaban frente a las multitudes. Estaban en los pliegues, lanzando bombas pero luego también se escurrían y se ocultaban como sombras en los días más luminosos y en ese ocultarse ocurrían también la muerte y sus golpes, sus sacudidas. A veces solamente eran, como todos, testigos del pesado golpe.

XXXI

Cuando nací, en una ciudad que ha perdido muchas veces el nombre, fui al caos. Y es que esa ciudad es la que te signa con el caos. Algo también hay de amargura. Y algo de belleza. Cada ciudad te dota de ciertos elementos para tu vida. Es como si al enterrar mi ombligo en la antigua Tenochtitlán, mi madre me hubiese condenado a ser una errante. ¿Éramos errantes los tenochcas? Errante: eso es.

Allí estoy, una vez más. En la casa de la madre de mi madre. Mi abuela. Que me cuidó durante cuatro años, los primeros de mi vida. Marciana. Se llama como la guerra. Como Marte. Pero es una mujer dulce. Siempre ha tenido ternura para mí. Siempre ha sido una mujer que te abraza y te cobija. ¿Será que eso es el planeta rojo? Es que la sangre es cálida... por eso es comienzo y final.

Pienso en mi otra abuela. Pienso en la madre de mi padre. Lleva todos estos días sola. No ha querido irse de su casa. Aunque sus hijos estén lejos, huyendo. Aunque uno de sus hijos, Erick, esté en una cárcel de máxima seguridad, en Matamoros, Tamaulipas.

Mi abuela, la madre de mi padre, no se ha querido ir de su casa. Ella dice que no tiene miedo. Y permanece en su casa que es antigua y gigantesca, ahora más. Ahora que todos huímos, ahora que solamente tiene su altar con sus santos… ahora que seguro las estrellas se dejan ver claras toda la noche y la madrugada. En esa casa que no tiene techo y desde donde se ve desnudo el cielo. Pienso en llamarle. Pero mi abuela pidió que desconectaran el teléfono.

Mi abuela, la madre de mi padre, tiene su propio mapa del dolor. Su mapa de estos días. Ya no podrá contármelo porque no volveremos a vernos. Algo me lo dice. Se me aparece en un sueño y me dice: "¿Sabes que los tecolotes te anuncian la muerte? Así vine yo, como un ave, a decirte que te quiero. No vamos a volver a vernos, hija, pero recuerda cuánto te quiero". La voz de mi abuela Irene se apaga.

Mi abuela Marciana me trae un café con leche. Me dice que me acueste. Me cobija. Estoy a punto de dormir y escucho los gritos de mis hermanas. No sé si lloran o festejan algo. Y luego veo a mi hermano. Lo veo allí, de frente a mí. Es un niño que llora. "Papá", me dice.

¿Y si la muerte está a mi costado? "Prende la tele", dice mi mamá que entra de golpe en la escena. Tiene los ojos hundidos, ojos acuosos, y las manos entrelazadas en un gesto de plegaria.

Era 5 de diciembre. Detuvieron a mi padre. Lo veo en el televisor y no me muevo.

A papá le molestaba mi llanto. Recuerdo su voz, diciéndome: "¿Por qué lloras de nuevo? ¿Nos quieres volver locos?". Lo dice mientras comemos ensalada. Reprobé alguna materia, quizás álgebra, y mis padres se enteraron. Estoy en segundo de secundaria. Mis padres discuten por alguna cosa que no tiene que ver conmigo y yo lloro. No digo nada y lloro. Durante muchos años lloré para lograr que mis padres supieran que algo se estaba desintegrando en mi interior. Era una manera de expresar mi dolor por aquello que no notaba nadie. Por esa fisura que se iba abriendo en la casa, sin que ellos la vieran.

Y aquí estamos ahora, sin mi padre, ante el llanto. Papá está en la televisión, detenido, a punto de ir a no sé dónde con una chamarra de mezclilla, con el cabello largo y suelto, pero esposado. Y seguido por helicópteros, llevado por la Policía Federal Preventiva. Transmitieron la noticia, de su detención y traslado, durante una hora y media.

Mis hermanas lloran. Mi hermano llora. Mi madre llora. Y yo dejo de llorar. Respiro rápidamente y les digo que todo estará bien. Abrazo a mi hermano. Los sostengo. Quisiera que el cuerpo pudiera abrirse como una casa portátil, para que ellos entren. Para que dentro de mí entren mi madre, mis hermanas y mi hermano. Para quedarnos juntos y darnos cuenta de que seguimos con vida.

"Papá va a estar bien", les digo y mi mamá lo entiende todo. Mirar a mamá en este momento es como mirar que el amor crece con todo y las rupturas, con todo lo que duele. Es mirar a las plantas, a las flores, a los hongos, a los animales. Mirar al sol o a la luna, las estrellas. Mirar a todo lo que nos rodea y aprender de todo eso... de esos mecanismos de supervivencia que nos anteceden. Mirar a mamá, justo en este momento, es volver al origen, al día uno, al día en que mis padres se encuentran por primera vez y creen que se aman y se lo repiten a ellos mismos para construir una casa, una familia, y para enfrentar esto.

En la nariz de un guaje se edificó... pero era inexacto.

¿Dónde estaba el cráneo? Ahora sonaba la voz. La voz que podíamos oír todos. Era el silencio. Era necesario el silencio para poder escucharla. El cráneo se alimentaba de la noche. Como la ciudad: un proceso autótrofo.

Los árboles fueron testigos.

XXXII

Alguna vez le pregunté a mi padre si lo golpearon, él dijo muchas veces que no. Pero sé que fue un día doloroso, violento. Una madrugada de frío y cegue-ra. De estar descendiendo a cada órgano remolido por los golpes. Una noche de pensar en el cuerpo quieto. De quedarse insomne y silencioso por la luz que no se apagaría durante muchos, muchos meses. De tener sed. No fue una noche de hambre, fue una noche de sed. De palpitación y de crujido. Era como si todo dentro estuviera reclamando su existencia: los recuerdos, la ira, la calma.

A papá lo detuvieron junto a Nacho y otros dos integrantes de la APPO.

Ignacio, su amigo y acompañante durante más de diez años, fue enviado a Cosolapa, a una cárcel en un pueblo fantasma entre Oaxaca y Veracruz. Una cárcel a la que envían a asesinos de migrantes, a violadores o integrantes de La Mara Salvatrucha. Se quedó allí seis meses. Y luego volvió a su casa, con su hijo, y a esperar a mi padre.

Los otros dos hombres fueron a penales estatales por un par de meses.

Mi padre me contó que le dio paz verse allí, en Almoloya, en esa jaula, de 2 × 1.50 metros. Una cámara registraba a diario cada uno de sus movimientos. La luz blanca no se apagaba jamás. El frío de la cárcel le fue deteriorando los pulmones y había días en ese primer mes en que, sin quejarse, sentía que moriría dentro de una cámara frigorífica. También los primeros días recordaba constantemente la vez en que junto a mi abuelo había ido a un rastro a comprar carne, para una fiesta. Recordó el olor de una sustancia agria, que en ese entonces no sabía que se llamaba clembuterol, y el rojo intenso de la sangre que se iba diluyendo con los chorros de agua que lanzaban los trabajadores del rastro. Papá y su padre, mi abuelo, escogieron varios kilos de cerdo para un guisado que prepararía mi abuela. Mi abuelo se distrajo un momento y papá se asomó a la cámara enfriadora. El frío lo derrumbó y pensó que eso era la crueldad. Al volver del desmayo, mi abuelo lo tenía acostado en su camioneta y tapado con una chamarra. No le dijo nada, pero mi padre recordaba las manos de mi abuelo, acariciándolo y diciéndole que lo quería mucho, que por favor regresara de ese desmayo. Papá guardó esa imagen y la recordó al llegar a la estancia 8 del pasillo 1 en el área de Tratamientos especiales de Almoloya. Me lo contó en una de las visitas, mientras yo le preguntaba por el número que tenía pintado en el bolsillo de la camisola color caqui de su uniforme: 1801, su número de expediente, su identidad dentro de esa cárcel.

En la punta del cerro, es decir en las narices de un guaje, se escuchó un rugir. Un ocelote que devora un cuerpo. Un ocelote que empuja un cuerpo y que llama con su grito a los zopilotes. Un ocelote que se aleja y mira todo desde la punta. Lo mira todo y luego vuelve a su entraña. Vuelve a la misma cueva oscura y virgen. La cueva que no ha sido tocada por los pies humanos. En lo alto: el cráneo de la mujer cercenada (del latín *circinare*, es decir, *redondeado*). El cráneo sigue perpetuamente sangrando. Es, debo advertir, un embrujo. Quien escribe debería ir al fondo: advertir que son cosas que escapan a lo humano. Es un pacto, un truco, una magia. Es algo que ahora desconocemos. Y suena simple, trillado, ficticio. No lo comprendemos porque, como bien anunciaba Manuel Mujica Lainez, los ángeles, los unicornios, las sirenas, se han retirado. Están ocultos. Los hemos dejado de ver con la prisa, con el ruido. Aquí, en la nariz de los guajes, nunca existieron unicornios ni sirenas. Pero sí otras magias, otros embrujos, otros seres.

Aquí está temblando la gota de sangre que escurre del cráneo. Aquí la yerba la absorbe, la recoge y luego vuelve a evaporarse. Y el ocelote sigue bajando a buscar algo de vida. Para dejar una mancha, para permanecer. Para que se escuche un crujido. Un retumbe.

Vuelve al pasado, dice una voz antigua en un idioma que nadie de aquí comprende: "Era una de las noches frías de invierno, cuando de improviso aparecieron en el espacio oscuro del Cielo varias ráfagas de un color encendido y radiante. Un vapor aéreo color de fuego se pintaba en el lejano horizonte, partiéndose en multitud de líneas violadas y amarillentas". "Mal presagio", dijo la voz de un sacerdote zapoteco, "el hijo de nuestro Monarca próximo a nacer será infeliz y desgraciado".

¿Cuál es su horóscopo? Pregunta.

El Cielo anuncia, le dice:
Que el Príncipe empezará a reinar con el horror y asombro del rayo, y acabará cual viento desvanecido en triste tragedia.

¿De dónde viene el presagio? Del pasado. La sangre, la gota de sangre titilante, se detiene. La yerba se estremece. El cráneo redondo se balancea por el viento.

XXXIII

Una cárcel es un espacio estrecho. Y más estrecho aún es el espacio de las prisiones como la de máxima seguridad de Almoloya de Juárez. Papá estaba en una jaula, dentro de una estancia, de una cárcel.

Papá era un mensaje. No un mensajero. Bueno, era también un mensajero para el futuro: mejor guardar silencio. Mejor ser tibio y ser prudente. Mejor quedarse quieto.

Y era el mismo mensaje para el presente y para el futuro.

No sé qué pensó papá en esos días. Mis propios pensamientos bastaban para que nada más cupiera en mi cerebro. Estaba a la deriva. Lo estábamos: cinco a la deriva. Era egoísta y pensaba que solamente éramos cinco. ¿Y mi abuela? Es decir, la madre de mi padre. ¿Y mis tíos? ¿Y el sueño colectivo? ¿Y la APPO? ¿No éramos todos? ¿Y la ciudad? ¿Y la casa? ¿Y mis perros? ¿Y mis sueños? ¿Quién era yo? ¿En dónde estaba parada? ¿Cómo tendremos dinero para vivir?

Volvimos a Oaxaca. La casa era la tiniebla. Siempre me había gustado la casa que mis padres habían construido. Mi madre y sus empeños en que todo fuera un jardín verde… la casa y sus muros altos, su techo de madera, sus paredes frescas… el rumor de los árboles. Pero ahora todo estaba seco, o a veces demasiado húmedo. Sobre la casa una nata de tristeza. Sobre la casa una puerta que empezaba a envejecer, una gota escurriendo, ya desde ese regreso hasta la perpetuidad…

Ya no era la casa. Y luego el ojo abriéndose y cerrándose. Es decir: el agujero, la oquedad, la ruptura.

Fue cuando nos terminamos de quebrar. De romper como familia, quiero decir. Ese fue el momento justo. Mis hermanas habían crecido en un parpadeo. Mi hermano era el que trajinaba como un niño duende, iba con mis tías, con amigos, con sus primos.

Volver a casa, volver a Oaxaca. Entrar a convertirnos en mi padre. A sufrir la persecución, a sentirnos perseguidos.

El primer día que vi a mi padre, en Almoloya, fue en un locutorio. Nos vimos quince minutos. Quince. Nos vimos para ser conscientes de nuestra despedida. En esa primera visita noté el peso de los años en papá. Ahora éramos uno a través de la otra. Era un juego de espejos.

"Cuando estoy solo, no estoy", escribió una vez Blanchot. Era como experimentar una manera de estar suspendidos. De existir dentro de una cabina de suspensión del tiempo. Y entonces miras toda la crueldad.

El 18 de julio del 2006, el tirano anunciaba que se cancelaban las fiestas de la Guelaguetza en Oaxaca. Desde los años treinta se realizaban estas celebraciones, siempre banales. Se escogía a los bailarines para representar a comunidades de las que muchas veces los participantes no sabían casi nada.

La ciudad empezaba a oler a fuego, a humo, a basura, a inconformidad. El plantón iniciado en mayo, el desalojo fallido del 14 de junio cuando todo se desbordó y ahora todo estaba suspendido por la inconformidad.

Algunos empresarios comenzaban a agruparse para hacer un bloque de choque a nivel nacional y exigir que la fuerza federal entrara a Oaxaca.

Ya había barricadas: improvisados cierres de camino en donde se prendían fogatas con restos de lo que fuera. Aún no eran mil barricadas. No todas las estaciones de radio estaban bajo el control de la APPO.

Pero la APPO ya existía. Ya había nacido una asamblea que pretendía edificar un gobierno popular.

Todo eso me asombraba. Papá hablaba con seguridad frente a treinta periodistas. Mientras unos niños le lanzaban gritos de exigencia: "Pinche protagonista, pinche negociador. Bájate a la batalla. Vente a la acción directa". Papá esquivaba el humo. Usaba una bufanda mojada con vinagre para que el humo que lanzaban los granaderos no entrara hasta los pulmones.

Habíamos sido invisibles durante siglos si no éramos del color de la tierra, y nos confundimos con arena, o con polvo. Pienso si no estábamos limitados para enunciar palabras o frases o demandas. Lo estábamos.

Pensaba que los kaibiles eran una mentira. Pensaba que queríamos exaltar esas batallas, a las que yo no pertenecía, para tener un fin común. Me sentía fuera de todo. Como una partícula flotante. ¿No éramos todos un poco eso? Partículas. O átomos. O almas errantes. Y luego encendías la radio, sí, el arcaico y potente invento de un italiano, aunque algunos decían que había sido Nikola Tesla, y estaban las voces de la gente común. No eran los locutores habituales, no eran las locutoras que anunciaban bailes o que dedicaban canciones románticas a sus escuchas. La ciudad se dividía en dos. Habían lanzado una página de internet en donde se ofrecía recompensa por varios hombres y mujeres de la APPO. Esos días, después de la muerte de Alejandro García y Brad Will, después de los cadáveres que empezaron a brotar silenciosamente por los cerros, en las orillas de la ciudad, y en las fosas cercanas a las Riveras del Atoyac, fueron los días más oscuros.

Recibo una llamada. Es Daniel, un periodista que se hizo amigo de mi padre días antes de su detención. Vamos a un café en la calle de García Vigil.

—Quería entregarte esta carta, para tu papá. Nos vimos dos días antes de que lo detuvieran. Va a salir muy pronto, no te desesperes. Tienen que ser fuertes. Ya sabes que si necesitas que difundamos algo, lo hacemos.

—Muchas gracias.

—Antes de que te vayas, quiero contarte algo. Y por favor, apaga tu teléfono y métS— mételo a tu bolsa. Hubo una reunión. Estuvieron el tirano, Lizbeth Caña Cadeza, Bulmaro Rito, Jorge Franco y dos impresentables más. Sobre la mesa de cristal hay una fila de documentos. Son fotografías y archivos que enviaron de Almoloya: un reporte de salud, un examen psicométrico, informes psicológicos y psiquiátricos.

Daniel lee un documento:

Flavio se comporta como una persona perfectamente normal y estable emocionalmente. Tiene cuatro hijos. Le angustia la situación de su familia, aunque no lo manifiesta. Esquiva responder sobre su situación de pareja. Esquiva responder preguntas sobre la relación con sus hijos. Tiene dos hermanos más en prisión. Según sus recuerdos tuvo una infancia perfecta. Una familia integrada. Le gusta leer. Uno de sus pasatiempos es hacer collage. Se considera preso injustamente. No es violento. Le apasiona la oratoria.

—Tengo por acá el informe que les dieron —me dice Daniel después de doblar una hoja de donde leyó y que se supone es una copia del reporte que tienen en Almoloya sobre mi padre, y sigue hablando:

—También están las fotografías donde Flavio está sentado, mirando de frente a una pared. Tiene el cabello rapado. La barba y el bigote también. Está vestido con un uniforme color caqui. Lleva unos zapatos bajos. En uno de los bolsillos lleva un número con color negro. Es su número: su identidad. Franco dice que ahora sí se lo chingaron y pide las fotografías. "Son mi trofeo", dice el muy pendejo. Los otros no dicen nada, apenas y se ríen.

—¿Y tú cómo supiste eso? ¿Es real?

—Yo lo supe por un espía que nos ayuda del otro lado —me dice el periodista. Sus ojos me provocan enojo. Siento que me mira con lástima. Siento que los otros me ven como a un animal desprotegido. No quiero eso. Por eso no sonrío, por eso intento ser hostil y no confiar en nadie. No agradezco.

Se niega a que yo pague el café que tomamos. Me excuso para ir al baño y me quedo parada en una orilla sin ser vista. Sin leer la carta que me dio para papá, decido romperla. Lanzarla al excusado. Escucho que Daniel hace una llamada en su Blackberry. Dice algo que no comprendo, en un idioma que yo juraría que es de otro planeta. Es como un lenguaje de códigos. Es como escuchar hablar a un extraterrestre.

Y es muy de madrugada,
a esta hora ya nada,
ya nadie,
y solamente la catedral,
con sus piedras
(en realidad debían ser nuestras piedras),
y los santos,
las vírgenes,
y el Cristo…
a esta hora
viene de lejos,
como el viento acumulado,
eso diría algún sonámbulo.

Es un jaguar.
Aquí.
Un animal de otro tiempo.
Viene y oscurece todo.
Porque solamente el jaguar
es luz.
Un delirio de luz.

Los árboles,
se inclinan
como reverencia.

Y el jaguar
descubre los
agujeros
en la tierra.
Descubre la locura,
y no tiene respuesta
para el pasado,
o para los dioses,
no tiene respuesta
para su mundo.
¿Se tiene que apagar el resplandor?
Hay una piedra
que se alumbra,
al sentir
los pasos del jaguar,
al oír su rumor,
sus respiraciones…
es una piedra iluminada
sobre la que fue tallado
el cuerpo y el rostro
de Pitao Bezelao…
Allí está la puerta.
Es la puerta.
Pero nadie la mira.
Nadie desciende.

Encima de la puerta,
una bandera de tres colores,
que también ha
comenzado a decolorarse…
El jaguar se desintegra.
¿Tienes hambre, tiempo?
Podrías comerte,
como ofrenda final,
el cráneo.
Y así todo esto terminaría.
No tendríamos ya ni cerro, ni nombre, ni pasado.

XXXIV

Un día de octubre de 2007, nos avisaron que papá estaba en el penal de Cuicatlán. Dejé de visitarlo. Lo había visto cuatro días antes, en Almoloya. Habíamos hablado de una novela que mi padre empezaba a leer, *Una casa para el señor Biswas*. Me contaba con fervor que, extrañamente, muchos de los libros enviados al penal tenían alguna relación con Octavio Paz. Las visitas se habían convertido en un espacio para escucharlo. De nuevo me borraba para que papá existiera. "Cuéntame cómo está el cielo hoy allá afuera. ¿Qué película viste el fin de semana? Yo vi a un gato que viene exactamente en mi hora de patio". Evitamos pensar, como siempre, en que podía ser la última vez que lo veía.

Cinco días después de esa visita en Almoloya, mis hermanas, mi madre y mi hermano viajaron a Cuicatlán. Yo dormí hasta tarde. Regresaron por la noche, emocionadas. Mi hermano me contó que mi padre era otro. Tenía el cabello muy corto, estaba delgado y no tenía ni barba ni bigote. Les hablaba con mucha ternura.

Una semana después del traslado, mamá nos reunió en el desayuno y nos dijo que debíamos empezar a buscar escuelas para mis hermanas. Suspendimos nuestra vida y había que volver a ella.

Yo no sabía qué hacer. Pero tenía que encontrar la manera de volver a tener una identidad. Las visitas a mi padre, en Cuicatlán, a siete horas de nuestra casa, las hacía mamá. Iba constantemente. Hablaban. Mamá lo colmaba de regalos y atenciones y yo volvía a sentir el hueco en el estómago, como cuando adolescente descubrí el cajón secreto de mi padre.

Tuve que buscar muy dentro de mí la ruta para volver a mi camino. ¿Quién era Karina? ¿Qué le gustaba? ¿Sabía bailar? ¿Tenía amigos? Y descubrí, casi por sorpresa, que lo único que me entusiasmaba era jugar a las posibilidades. Leía y con ello me sentía en paz. Leía cualquier cosa. Y luego me detenía en ciertas palabras.

Me avoqué a estudiar las palabras. Me volqué en ellas. Decidí indagar en los significados. Un día, leyendo un poema de San Juan de la Cruz, lloré. Y ese llanto fue una promesa: encerrarme en las palabras para alejarme del mundo.

XXXV

El 18 de septiembre de 2014, cuando al fin me gradué de la universidad, decidí dejar Oaxaca. El 12 de octubre de 2013 se había creado en el estado una comisión de la verdad.

Jamás nos entrevistaron. Simplemente todo había quedado olvidado. No creía en la justicia como un escenario para encerrar y encarcelar a todos los responsables de aquellos días funestos.

Los muertos seguían allí. Los desaparecidos no volvieron. La atrocidad parecía disiparse, mientras hacíamos nuestras vidas diarias. Pero la atrocidad ya estaba instalada en esa ciudad, en Oaxaca.

Los feminicidios crecían, el desempleo crecía... todo apuntaba a un colapso que no terminaba de pasar.

Nuestras vidas habían tomado otros rumbos.

Mi hermana Frieda dibujaba. Sus acuarelas de plantas e insectos contenían la nostalgia que uno podía descubrir contemplando el cielo.

Mi hermana Jerome había iniciado la universidad. Estudiaba pedagogía. Pero también tocaba la guitarra y a veces, en medio de la casa silenciosa, se escuchaba una canción antiquísima que nos conmovía hasta las lágrimas.

Mi hermano estaba en segundo año de preparatoria. Tenía catorce años cuando nos anunció que haría la preparatoria abierta y que dedicaría sus días al campo. A sembrar y cosechar. Se mudó a una cabaña, junto a un terreno que parecía infinito para los que vivíamos en el ruido de la ciudad.

Mamá seguía cuidando su jardín, de alguna manera era nuestro Atlas. Se había vuelto más ensimismada. Por primera vez, se pintó el cabello. Era como observar una espiga que brilla por la luz del sol. Mi madre envejecía lentamente, pero era feliz.

¿Y nuestro padre?

El 28 de abril de 2008, mi hermano cumplió diez años. Mi padre salió libre justo cinco días antes. Y nos fuimos de vacaciones a Morelos. Llegamos a un balneario en el que nadamos hasta convertirnos en seres con cabeza humana. Pasamos muchas, muchas horas de esos cuatro días sumergidos en las albercas. Tomamos piñas coladas, comimos sándwiches o hamburguesas o papas fritas. Fuimos a Chinameca, el pueblo en el que se dice que murió Emiliano Zapata. Papá dejó un ramo de flores, a los pies de la escultura. Lloró sin decirnos nada. Eran unas lágrimas muy breves, casi como gotas. Los ojos cafés de papá empezaban a envejecer, a llenarse de carnosidad y de manchitas blancas. Volvimos al hotel que olía más que nunca a huevo podrido: "azufre", dijo papá y luego nos mandó a hacer las maletas. Volvimos en un trayecto que pareció un pestañeo. Al abrir los ojos, papá nos dejó afuera de la casa y se alejó en el auto que un amigo le había prestado: una camioneta pequeña, roja. Desde el día en que salió libre decidió no volver a casa.

El 28 de abril de 2008 vimos por última vez a mi padre. Llevaba un pantalón negro de vestir. Una camisa de mangas largas, color rosa. El cabello empezaba a crecerle. La barba y el bigote crecían descuidadamente. Ya no era un hombre gordo. Era delgado y alto. Era mucho más viejo. La vejez se asomaba por los surcos entre la frente y los ojos.

Trajo dulces. Una piñata de picos, rellena de dulces. Trajo un refractario cuadrado con pizza de salami. Comimos pizza. Le dijo que quería divorciarse. Que se iría lejos. Mi mamá lloró. Mi padre escuchó en silencio. Pidió que ordenáramos su ropa y que hiciéramos el favor de llevarla a la camioneta.

Ahí estaba la grieta. Esta vez era visible para todos. Ese día los sartenes y algunos trastes de la vieja alacena cayeron y vimos el agujero. Lo vimos como un relámpago o como una luz que todo lo cimbra. Mi padre se fue unas horas después. Mi madre se quedó dormida llorando. Ella no era culpable, llevaban años despidiéndose. Estaban juntos por nosotros, según decían, sus tres hijas y su hijo. Mi padre dejó de contestar nuestras llamadas. Dejó de venir a casa. Dejó de estar en los lugares comunes.

¿Se olvidó de su familia? Lo buscamos. Pero papá ya era una sombra en nuestras vidas, una sombra pesada que acabaría disipándose.

En enero de 2009, en una larga carta enviada desde Argentina, mi padre nos explicaba que estaba haciendo una vida nueva.

Nos mandó también una fotografía donde sonreía afuera del Teatro Colón.

En algún lado de esas seis páginas, mi padre decía que había sido en mayo de 2008, un mes después de irse secretamente de Oaxaca a DF, cuando decidió cambiar el rumbo.

¿Cómo podía? ¿Por qué? ¿Qué nueva vida era esa? Sin nosotros…

Una vida nueva trabajando mucho, aquí soy jardinero en la casa de un cantante portugués que viene cinco veces al año. En Recoleta. Vivo solo. Si ustedes quieren seguiré escribiéndoles y recordándoles que las amo, que amo a su hermano. Ahora mismo no sé si volveremos a encontrarnos. Pero quiero que sepan que estoy bien.

En Oaxaca nada es justo y la lucha de la APPO fue un precedente para todo lo que vendrá. Ustedes tienen en sus manos el poder de cambiarlo todo.

Con amor, papá.

Así. No lloramos. No. En realidad, no lloramos. Ya lo sabíamos. Sabíamos que mi padre se había ido. Que llevaba a cuestas el dolor de esos días sórdidos, oyendo los ladridos de los perros en Almoloya, sufriendo el recuerdo de ese foco que no cesaba de arrojar luz sucia sobre él... los días en que lo perseguían, en que lo buscaban para atravesarlo con una bala. Los días en que en la calle se sabía vigilado, llevando en el cuerpo una personalidad que le habían sembrado...

La personalidad que le habían sembrado era grotesca, burda.

Los primeros meses de 2008 habían lanzado una campaña de anuncios espectaculares por todo el estado, con frases como: "Flavio, el incendiario, el que destruyó a Oaxaca, el que arruinó al estado, el que endeudó a los empresarios, el que calcinó la ciudad, el que se enriqueció durante años del erario... ¿Tú quieres que salga libre? YO NO". Y se mostraba una foto de mi padre, corriendo, agitado, junto a otras personas, entre el humo y el fuego. Una foto del 2 de noviembre en los enfrentamientos contra la Policía Federal Preventiva, que había tomado toda la ciudad.

Papá merecía estar lejos. Papá merecía estar en Egipto, o en Japón, o en Holanda o en Argentina. Lo merecía y nosotros, su familia, los que habíamos visto y sentido esa cadena de golpes, queríamos ayudarlo a construir esa vida. Nos alejamos y decidimos que, ese día, mi padre había dejado de existir para nosotros. No contestamos a su carta y no volvimos a recibir otra más. Mamá lloró durante semanas. Luego no volvimos a hablar de la carta ni de mi padre. Avisamos a las autoridades. Pero no importaba.

Cada uno continuó su vida.

XXXVI

Recibí un correo de aceptación para hacer una pasantía con la filóloga italiana Elisabetta Palumbo.

Elisabetta y yo nos habíamos conocido en la UNAM, en una conferencia sobre el Códice Cospi. La doctora Palumbo había nacido en Bolonia y había investigado durante años el códice.

Pero ahora, por motivos familiares, impartía una clase en La Sapienza.

Nos hicimos amigas y durante el mes de estancia de la doctora, hablamos de mi sueño de conocer la biblioteca del Vaticano, donde ella tenía amigos muy cercanos, y poder conocer el Códice Borgia.

En el correo de Elisabetta, me decía que no sería nada formal ni académico. Me propuso ir tres meses a Roma, trabajar para ella, preparando sus clases, ayudándole a organizar las memorias de su esposo recién fallecido, para luego regresar unas semanas a México en lo que terminaba los detalles para una invitación formal de la universidad.

Acepté una hora después y compré un boleto para llegar a Múnich el 12 de octubre.

Llegué a Roma el 14 de octubre de 2014.

Llegué un día de lluvia. Esa tarde dormí sin soñar nada. Dormí en una habitación muy cómoda con una lámpara roja que tenía la pantalla de vitral. Un vitral de flores. Recordé a mi madre, que pintaba vitrales en la época en que nos llevaba a las clases de teatro. Mamá estaba a kilómetros pero me sentía protegida por su luz, por su recuerdo.

Al día siguiente, durante el frugal desayuno de jugo, galletas, nueces y café, le dije a Elisabetta que iría a la Fuente de la Barcaza, que me parecía una escultura inusual de Bernini. Las estridentes carcajadas de mi amiga me sonrojaron.

El marido de la doctora Palumbo había sido arquitecto. Su departamento en la Via degli Appennini era como un pequeño palacio romano. Su salón, sus habitaciones… todo allí parecía proceder de otro tiempo.

Elisabetta y yo hablamos durante horas, en los primeros dos días, de la admiración de su marido por Mario Praz. De la idea de convertir la casa en un museo de la existencia.

—No sabes nada de arquitectura, ¿verdad? Bueno, no te preocupes. Bernini sí fue un genio, solamente un tonto podría negarlo. Pero ¿no prefieres a Borromini? Yo sí. Borromini es el trágico. No, no el trágico, qué tonta. Borromini es el estoico. Ve a San Carlo. Quédate un buen rato mirando la cúpula.

Así lo hice. Me senté y pensé en Dios. Pensé en que llevaba años distraída en las palabras, sin poder hacer una plegaria. Pensé en mi padre, de adolescente, escuchando al Santo Padre con su discurso sobre América Latina, sobre la esperanza. Papá repetía una y otra vez una frase de ese discurso: "El Papa quiere ser vuestra voz, la voz de quien no puede hablar, de quien es silenciado, para hacer conciencia de las conciencias". Ahora, había pasado la vida encima de nosotros. En Roma, donde el rumor del agua no cesaba, entre el bullicio de lo moderno y la inquietante plenitud del pasado, me parecía prudente enterrar, de una buena vez por todas, la historia de mi padre. Sepultarla y hacer una oración por el padre que amé e idolatré durante años. Por mi padre desaparecido.

"Te entrego esta historia, Dios". Dije temiendo ser escuchada por alguien. Lo dije en español y susurrando. Sentí que no tenía nada pendiente con el mundo, con los dioses, con el universo. Recordé a mis hermanas recitando el "Primero sueño", de Sor Juana, mientras mi mamá cortaba las rosas del jardín y mi padre nos miraba hipnotizado. Lloré frente a la imagen de "María, la que desata los nudos". Leí su oración: sencilla y bellísima. Frente a esa oración, frente a la quietud de ese momento, nada podían conmoverme las palabras de ese mal hombre que había sido Karol Wojtyła.

Salí de la iglesia suspirando. Aún no comprendía el estoicismo de Borromini. Pensaba que al día siguiente compraría una biografía en alguna librería. Caminé muchas calles, insolada. Bajo un sol romano, inusual. Llegué hasta la Plaza de España. Me senté en las escaleras para tomar agua y ver mi mapa. Pensaba empezar una nota sobre Borromini. Allí precisamente.

El ruido de las conversaciones en chino, inglés, español y ruso me hacía bien. Me hacía sentir extranjera y feliz.

Un hombre de chamarra negra, con el cabello sucio, la barba larga y la voz suave, hablaba en un inglés muy latino con un grupo de turistas. No era un indigente. Vendía mapas. Y explicaba cosas a los turistas para ganar algunas propinas. Dijo algo sobre Bernini. Explicaba el *Anima Beata* y *Anima Dannata*, me acerqué para escuchar. Tartamudeó al verme. Se quedó muy quieto. Y de sus ojos, no puedo olvidarlo, salieron lágrimas idénticas a las que vi en los ojos de mi padre aquel día en Almoloya, cuando nos vimos para despedirnos.

Recordé la conversación de aquel día. Mi padre dijo que había visto otra vez al gato que lo acompañaba en sus caminatas durante su hora de patio. Yo quería decirle que me preocupaba la salud de mi madre. Que la escuchaba salir de su cuarto y llorar en el patio, mientras regaba las plantas. De madrugada. Me preocupaba que mamá empezara a enloquecer y no poder ayudarla. Estaba a punto de decirlo y mi padre me interrumpió de golpe, con su necesidad por solamente ser él. Yo daba lo mismo:

—Lo que te tengo que decir es importante. Creo que no volveré a salir de aquí. Quiero pedirte que no vuelvas. Tienes que hacer tu vida. Estudiar, ayudar a tu madre. A tus hermanas, a tu hermano. Te necesitan.

Aquella vez no dije nada. Asentí. De nuevo estaba borrada. De nuevo papá daba instrucciones para confeccionar nuestra existencia. Él tenía la última palabra. Recuerdo que papá dijo algo sobre el futuro. Sobre que confiaba en nosotros y que vería cómo resolverlo todo desde la cárcel.

Papá, creo que eres un poco ingenuo. Y algo egoísta. ¿No has pensado que si vengo aquí, que si hemos dejado nuestra vida suspendida es por el amor que te tenemos? A nosotros no nos importa salvar a Oaxaca, derrocar al gobernador, o que la sociedad viva en justicia o igualdad. Mamá, mis hermanas, mi hermano y yo te amamos. Somos tu familia. Tú eres nosotros, nosotros somos tú. Lo pensé y no lo dije. Respiré. A pesar de saber que estaba prohibido, y que podrían castigar a papá, me levanté de la silla y le di un beso a mi padre.

—Así será —dije y vi nacer las lágrimas en los ojos de papá.

En Roma, al ver al andrajoso guía, supe que era papá. ¿Cómo puede el llanto delatar a alguien? Es lo único que nos revela quién se oculta detrás de un disfraz.

Mi padre se quedó inmóvil, seguramente esperando que yo hiciera alguna pregunta. Los turistas me miraron.

Yo simplemente dije *scusi*.

XXXVII

Allí estamos, mis hermanas, mi madre, mi hermano y yo. Nuestros dos perros y la casa. Nuestra casa. Nuestras palabras, el olor del té limón en el jardín. Y el canto de los grillos. No deberían cantar ahora. Pero cantan. Pasa un gato. No hay vecinos. La casa siempre ha estado en una orilla. Antes había un árbol de anonas, un arroyo y también había otros árboles que ya no están. Había coyotes, según dicen. Y gatos de monte. También había arbustos y luego mi abuelo, el padre de mi padre, sembró alfalfa, maíz, papaya y de nuevo alfalfa… Y ahora estamos allí, los cinco. Sin decirnos nada. Apagamos la tele. Sentimos miedo. ¿Sentimos miedo?

¿Es esto el miedo? No. Es más bien una tristeza profunda. Sabemos que no volveremos a ver a mi padre.

Agradecimientos

En México, el país de las atrocidades, ocurrió esta historia. En Oaxaca. Ocurrió de otra manera. Asesinatos y desapariciones, encarcelamientos, persecuciones y torturas que no han sido castigados pues no hay castigo suficiente. Pero esta pequeña historia es una ficción dentro de lo que recuerdo que ocurrió. Dedico esta historia a quienes fueron parte de ella y sufrieron toda la calamidad de vivir bajo un régimen asesino. Gracias a mis maestros, amigas y amigos por su cariño y complicidad. Gracias a Guillermo Santos, Adrián Román y Gustavo Cruz, por sus lecturas atentas. Gracias a mi editora Eloísa Nava por su generosa visión. Que la justicia no sea un sueño y que cada pequeña historia de horror sea contada para que nunca se repita.

Orfandad de Karina Sosa
se terminó de imprimir en el mes de mayo de 2024
en los talleres de Diversidad Gráfica S.A. de C.V.
Privada de Av. 11 #1 Col. El Vergel, Iztapalapa,
C.P. 09880, Ciudad de México.